赵先平

著

琴声悠扬

百花洲文艺出版社

图书在版编目（CIP）数据

琴声悠扬 / 赵先平著. -- 南昌：百花洲文艺出版
社，2021.5

ISBN 978-7-5500-4213-1

Ⅰ.①琴… Ⅱ.①赵… Ⅲ.①中篇小说-小说集-中
国-当代 Ⅳ.①I247.5

中国版本图书馆 CIP 数据核字（2021）第 053787 号

琴声悠扬

赵先平　著

出 版 人　　章华荣
责任编辑　　郝玮刚
特约编辑　　胡永其
装帧设计　　书香力扬
制　　作　　书香力扬
出版发行　　百花洲文艺出版社
社　　址　　南昌市红谷滩区世贸路 898 号博能中心 A 座 20 楼
邮　　编　　330038
经　　销　　全国新华书店
印　　刷　　成都兴怡包装装潢有限公司
开　　本　　889mm×1194mm　1/16　印张　11
版　　次　　2021 年 5 月第 1 版第 1 次印刷
字　　数　　165 千字
书　　号　　ISBN 978-7-5500-4213-1
定　　价　　56.00 元

赣版权登字　　05-2021-142

网址　http://www.bhzwy.com
图书若有印装错误，影响阅读，可向承印厂联系调换。

目 录
CONTENTS

尘　烟

徐国荣像一卷竖着的破席被速度如蜗牛似的班车吐了出来。他在尘烟中呆立了一个时辰，才感觉到自己落在地上了。

他回到分别了十三年的昌明村。

现在是黄昏时分，夏末秋初的太阳热量还没有减退，远处升腾着迷蒙的烟霭。昌明村依在岜盆山脚下，这个时候已经有些炊烟或浓或淡地在村子上空升起，远远望去，像一根根扭曲的麻绳。

从下车的地方到村子里，还要走半个小时的路程。徐国荣记得，没有从那个地方出来之前，他是给马凤英写过信的。可是现在，通往村里的路上空无一人。

虽然已经隔着十多年的时光，但是徐国荣还是比较清晰地记得这座山、这条路的。村子有了一些变化，树要比以前浓密，树丛中多了一些突兀的楼房。没有人引领他，或者说没有人监督他，徐国荣感到很不适应，他十分茫然地走在通往村子的黄泥路上，半个小时的路程仿佛走了十多年。

他在村口遇到了一些人，这些人熟悉而陌生。年纪大些的给他一些招呼，说，国荣兄弟回来啦……国荣侄子没怎么变啊。一些后生和小孩则用好奇诧异的目光打量他，仿佛他是一只猩猩。他们当然好奇诧异，他对于他们而言或许已经是一个传说，他是一个刑满释放回来的强奸犯啊。

徐国荣低着头，凭着感觉朝家的方向走去。

徐国荣站在一座院子前面，院子里面新起了一座平房。他听到院子里面有儿童的嬉闹声。他喉咙里叫出一个人的名字，觉得自己已经用尽了力气叫喊，可那个声音听起来却是怯怯的，完全被里面的嬉闹声给掩盖了。

"凤英！"他叫道。

"凤英！"他又叫了一声。

里面的喧闹声停了下来。徐国荣突然感到一阵恐慌，仿佛被人从身体内掏走了心脏，他身子晃了一下，接着又抖了一下。院门"吱"一声被打开了，两张陌生的儿童的脸朝他张望着。

"你找谁？"年纪大一点的孩子警惕地问。

徐国荣嗫嚅道："这里是马凤英家吗？"

年纪小一点的孩子扭过头去朝平房里喊："妈妈，有位爷爷找你!"

徐国荣看到了马凤英那个熟悉的身影。她出现在平房的门口中，向院门口张望。徐国荣看到马凤英风韵犹存，丰腴的腰段似乎还是十多年前的模样。徐国荣听见自己咽口水的"咕噜"的声响。同时这声响也唤起某种蠢蠢欲动的记忆。西斜的阳光打在马凤英的脸上，把那张油光的脸映得绯红灿烂。她看到徐国荣，这种灿烂立马变成困顿，接着黯然起来。"你……你回来啦?"马凤英问。

马凤英迎出来接过徐国荣的行李，同时对大一点的孩子道："徐同，去，叫奶奶出来。"

那个叫徐同的孩子问道："妈，他是谁?"

马凤英突然变得烦躁起来，她朝徐同屁股打了一巴掌："你招打呀，他是你爸徐国荣，去叫奶奶来!"她后面的声音带有些哭腔。

徐国荣拉过马凤英的手，问道："谁? 谁? 他们是谁的孩子?"

马凤英忽然呜啊地哭出来："你个王八蛋! 呜呜，你个野种王八蛋! 他们是野种……呜呜，野种……"

徐国荣愕然地呆立在那里。"我……我，野……野种?"徐国荣似是问她，又像是问自己。而眼前的女人似乎被刺到内心的某处伤痕，呜啊啊地大声痛哭起来。

天色在这个时候暗下来。似乎哐当一声，夕阳一下子就掉到山里头了。

院子里蒙上一层暗色，同时多了一些人，他们分别是徐国荣的母亲林棉花，村委会主任黄抗美，除此，按照马凤英的说法，就是一溜排在他前面的三个野种：徐同、徐志、徐们。母亲林棉花背已经驼了，她有些尴尬地说："国荣啊，你啥也别问，他们都是你的孩子。"

徐国荣的目光掠过前面的孩子。他看到他们的表情有些满不在乎，眼睛都望着别处。他们大约都在十岁以下，最小的那个还拉着马凤英的衣袖。徐国荣尴尬地笑了笑，对马凤英说："咋就有那么多孩子让你收养呢?"

马凤英说："不是收养，都是我亲生。"

徐国荣把目光转向表叔黄抗美。黄抗美是被林棉花请来解决他们家事的。

在林棉花看来，只有黄抗美是解决徐国荣、马凤英和眼前这些孩子们关系的唯一人选。

黄抗美咳了咳。这个在昌明村当了近二十年村委会主任的人习惯于在说话之前咳一咳。黄抗美说："他们是你的孩子。"

徐国荣近乎哀叫："我都十多年没回来，哪来这些孩子？"

黄抗美用同情的目光看着徐国荣。他看到只有四十三岁的徐国荣头发乱蓬蓬的，还掺着许多白发，额上的皱纹也是纵横交错，看起来比自己还老。他又咳了咳，说："他们都姓徐，徐同、徐志、徐们，怎么不是你的孩子？"

徐国荣说："我只有徐美丽一个女儿。"

黄抗美说："你女儿已经跑到广东去了，你刚回来，一些细节以后你会慢慢明白。我现在只告诉你，如果没有这些孩子，没有马凤英，你们一家人恐怕一个影子都找不到了。"

徐国荣喘着气，眼睛盯住马凤英："和谁做的好事？！"

马凤英不作声，两手拉着两个小的往平房里走。徐国荣看到，马凤英是昂着头走进房间的。这时，天色已经趋于黑色。母亲林棉花也叹了一口气，拄着杖子一瘸一拐地走回房间。

黄抗美走过来拍拍徐国荣的肩膀，说："国荣侄子啊，今晚儿到我那里吃饭，我和你唠叨唠叨。"

徐国荣很久没有喝酒了。一杯喝下去，喉咙里像被火烧了一般。酒在胸里激荡着，同时也渗到血液里。"我还是个男人吗？"他红着眼对黄抗美说。

黄抗美跟徐国荣碰了一下杯，说："世风不同啦，现在满世界都是小姐，知道什么是小姐吗？笑贫不笑娼啊。说到你家马凤英，没有徐国亮的帮助，你妈那病哪能活到现在啊，十年前一万元的医疗费，马凤英拾树叶都拾不来那么多啊。你家祖辈几代都是单传的，你妈想给你有后，说都是徐家的种，管他谁和谁生，认你徐国荣是爹就行……你也别心急，孩子虽都这么大了，但没见过你面……一回生二回熟，慢慢就好啦。"

徐国荣站起来，说："狗日的国亮！"

黄抗美叹一声，说："你别骂国亮，他现在是致富能人，县里都出了名的，我这村委会主任明年就他接任啦。说到底他是你家的恩人呢，你都见啦，你家那四开间的平房，材料连带手工，没个四五万真弄不来……不盖不行啦，你家老祖屋都1949年前的房了，前几年台风一来，塌啦，幸亏没出人命啊。谁出的钱啊，国亮啊。"

徐国荣拿一双充血的眼瞪着黄抗美，说："我进去十多年，遭罪十多年，也戴了十多年的绿帽，你这村委会主任都不管一管？"

黄抗美说："村委会主任这芝麻官哪能管你这家事啊，马凤英不到村里来要证明离婚算是你的福气啦，她要是跟你离婚改嫁，你妈就没人来管了……其实要怪，也只能怪你自己造下的孽，你说你不搞那个廖春花你能落到今天这个地步吗？"

提到廖春花，徐国荣一下子就蔫了。刚才还在奔腾的血液似乎凝固了，好像廖春花是冬天的一股冷空气，吹到心坎上，那血就变冰了。徐国荣问："她还好吗？"

黄抗美说："一个黄花闺女十三岁的时候让你给糟蹋了，现在能好到哪里去呢？造孽啊、造孽啊，当年你这个人民教师怎么就没有一点法律知识，和畜生没多大区别啊。她嫁个残疾老公，有个三岁小孩，前年老公车祸死啦。"

徐国荣低下头。他想起了那些往事，那个鲜嫩的廖春花是多么让人怜惜啊，那双扑闪扑闪却又无助的眼睛流出的泪水，滴在他心尖上就是一阵一阵战栗的痛啊。徐国荣拿手一下一下地拍打自己的脸，说："我是猪，我是狗，我是猪狗不如的畜生啊……"十多年来，每次想起廖春花，他都重复这个动作。

黄抗美阻止他的巴掌，说："你也别太自责了，你现在刑满回来，说明政府已经把你改造好了。现在的问题是，你得面对现实，好好和马凤英生活，说说你的打算吧。"

徐国荣抬起头来。灯光下他的脸有些浮肿，看起来刚才他自己扇的几巴掌确实是动了力气。徐国荣声音沙哑："都到这种程度了，我肯定要和马凤英分开住的……我总不能一辈子都戴绿帽啊。"

黄抗美说："分开住？你说得倒轻巧，你怎么起屋啊，你怎么养活你多病的老妈啊。还有一点要说明的，你进去的时候是吃公家饭的，那年村里修路已经把你那份田地抵进去了，现在村里不可能从哪里分一块田地给你，你喝西北风啊？……话又说回来，徐国亮也不可能看着你家没米下锅是吧？你就委屈地过生活吧。人这一生其实过得很快的，一眨眼就一年，一眨眼就十多年，像我，一眨眼也就是一辈子了啊……"

黄抗美说着说着就脱离了主题。

徐国荣却已经像瘪了气的球，软软地瘫坐在矮凳上。

离开黄抗美家酒桌的时候，已经是夜晚十点多了。初秋的夜有些冰凉，喝了酒的徐国荣虽然脑子有些混沌，但还是感觉到秋意已经像一只山蛙贴到了他的脸上。村中央有一幢高大的五层楼房，楼顶亮着灯，像夜明珠，他知道那是徐国亮的。狗娘养的，狗娘养的！他心里不停地说。

他绕过那幢楼房，走回家。

院子的门还开着，平房的门也还开着。徐国荣见到母亲林棉花的房灯还亮着，他走进去，看到她坐在床边。床上，那几个孩子脑袋并排，已然睡着了。林棉花看到徐国荣就站起来，说："我等你回来。我这就去关院门。"

徐国荣把她扶坐在床，说："妈，你受累了。"

林棉花眼里噙着泪，说："国荣啊，一家人不容易啊……"

徐国荣说："我知道。"

林棉花的眼泪流下来："你今年四十三，还有半辈子要过，凡事担待点，不要再犯错了啊……妈老了，没几个日子过了，就希望你平平安安，一家子和和睦睦。"

徐国荣低垂着头，说："遭了这些变故，恐怕做不到和和睦睦了。"

林棉花低泣："我知道你难受，可你媳妇她也是没办法啊……一个妇人，十天八天可以熬，十年八年谁能熬得了？上有我这个老不死的牵着，下有徐美丽挂着，难啊。"

徐国荣看着床上的孩子，问："他们每晚都是跟你睡吗？"

林棉花回过神来，抹去了脸上的泪，道："哦不，今晚他们过来跟我睡，你媳妇在等你呢……你过去吧。"

徐国荣走进房间，看到马凤英斜靠在床边，橘黄的灯光照在她丰腴的身体上。徐国荣回身把房门关上，就去抱她的身子，同时把头埋在马凤英的胸前。有了几个孩子的马凤英胸前依然如山峰一样挺着，两个雪白馒头散发着诱人的肉香。徐国荣说，你的奶子还是那么好。马凤英想她应该狠狠地骂他一顿，不过话一出口却变成冷嘲热讽的语调。马凤英左右扭动腰身，说："廖春花献身给你，脸蛋嫩得流水，不知比我强多少倍，你抱她去啊，她可是把处女之身献给你的啊。"

徐国荣喘着粗气，说："当年我是个混蛋。"马凤英说："她现在肯定不会告你强奸啦，经过了那么多年，见过那么多世面，她会觉得你是真心对她好呢。"马凤英抵挡着徐国荣的进攻，问徐国荣，你难道不想知道廖春花的情况吗？徐国荣把目光移到马凤英的脸上，他想看看她是不是真的一点都不给他机会，他看到的是脸上一丝潮红。徐国荣又一次把手移到马凤英的胸前。马凤英还是稍做抵触，把他的手推了推说："你可是把她害惨了，你进监狱后，她的名声也臭了，她整天不敢见人，更不要说去上学了。长大后十里八村找不到婆家，就被远嫁到壶城，给一个小时候患过痴呆症的瘸子当媳妇去了。不过，她现在是你的人了，她那瘸子老公已经被车撞死了，你现在找到她，她还会认你的。"马凤英还要损徐国荣，却被徐国荣的舌头堵住了嘴唇。马凤英挣扎着说："徐国荣，你个强奸犯，你就不嫌我脏吗？"徐国荣已经急了，说："弄，快弄。"马凤英咒骂说狗改不了吃屎，身体却不再抵抗了。大约过了十多分钟，马凤英已经嗯啊哎哟地呻唤了。

徐国荣知道马凤英骚，但他没有想到四十岁的她依然不比当年逊色。徐国荣知道她的骚劲源于两只骄傲的乳房。四十岁了，生了娃娃，它依然不垂不瘪，硕大而挺拔，弹性十足。他知道徐国亮肯定也是贪恋这对奶子，不然，以龟八国亮的流氓相，早就在外面包十个八个小姐了。黄抗美在喝酒的时候说徐国亮还算有情有义，有了马凤英他在外不管工程有多忙十天八天总要回来照料她。徐国荣想这是黄抗美不知马凤英的奶子的好才说这样的话，他要知道马凤英的奶咂起来比吃肉还香，比吮糖还有味道他就不会说那样的话了。这样想着徐国荣就觉得十多年来龟八国亮吃了那么多肉吮那么多糖其实并不吃亏，而自己却是耻辱了。

从马凤英身上下来，已经是半夜了，但徐国荣睡不着，他心里仍在想徐国亮和马凤英的事。

虽然早知道徐国亮会回来，也知道马凤英会去找徐国亮，但徐国荣没有想到这个时间来得这样快。有人看见，徐国亮是开着一辆轿车回村的。轿车在村口停了一会，等在村口的马凤英钻上车，接着车辆"嗡"一声开进村，开进了徐国亮漂亮的院子。

徐国荣知道这一信息是母亲林棉花告诉他的。林棉花说："这徐国亮也欺人太甚了，你国荣回来，他就不该找马凤英了。徐国荣那天到乡里去找民政助理，想替林棉花办一份养老保险。"他刚一回来，母亲就在院门告诉他这件事。徐国荣心里腾地冒出火花，他扭头就朝徐国亮家走去。

在徐国亮的院子里，徐国荣看到一个身着深灰色风衣的背影。这个就是徐国亮吗？这个像上海滩许文强的男人就是让自己戴上绿帽的男人吗？自己在里面待了十多年，马凤英就是被这个男人弄出三个儿子吗？徐国荣一看到徐国亮，心里涌出强烈的仇恨。站在院门口，徐国荣提了提气，全身的力量一下子都涌到了拳头上，他冲上前去，一拳朝徐国亮的后脑勺挥打过去。徐国亮没有防备，被重重的一击，竟跟跄往前冲了几步，额头碰到了楼门上。徐国亮回过身来，看到疯了一样的徐国荣。

"干什么你！"徐国亮说。

徐国荣说："我打你这个杂种！"

徐国亮一把推开徐国荣："有话慢说，你是谁？"

徐国荣说："我是徐国荣，你这个畜生！"

徐国亮说："哦，国荣哥啊。"

徐国荣说："你这个猪狗不如的东西，不知廉耻的东西！再怎么着她也是你嫂子啊。"

徐国荣又扑上去。他的体质其实是属于比较弱的那种，前面几下用去很大的力气，接下来的每一拳就显得轻飘飘的了。

徐国亮恼了，他一手拎住徐国荣的衣领，一手狠狠地朝那瘦黑的脸扇了几巴掌。徐国荣顿觉两眼冒星，脸上热辣辣的痛。

徐国荣嘶喊："徐国亮你这个畜生！"

徐国亮是有一身蛮力的，他是一个建筑工程小老板出身，扛过水泥砌过砖，他一搡一推就把徐国荣弄到院外，然后使了个侧摔把徐国荣摔倒在地。徐国亮狠狠地说："你他妈的活腻了是不是，惹恼了老子才不管你哥啊弟啊的。"

徐国荣摔得一身泥尘，左手手肘擦破了皮，他心有不甘，摸到路边一块石头，站起来朝怒气冲冲的徐国亮掷去。石头擦过徐国亮的耳边，"咣"的一声砸到了停在院子门口的轿车。这"咣"的一声彻底激怒了徐国亮，只见他扑将过去，朝徐国荣腹部飞起一脚。只听见"扑"的一声，徐国荣捂住腹部，曲着身子倒在了地上。

徐国亮狠声道："你他妈的敢砸我！"他用脚猛踢倒在地上的徐国荣，徐国荣身上、头部都被他的大头皮鞋踢中。"啊，嗷……"每挨一下，徐国荣就或高或低地惨叫一声。惨叫声引出了马凤英，马凤英从徐国亮的屋子里奔出来，拉住徐国亮，说："别打了、别打了……"

徐国亮的院门外不远是村委的小晒场，晒场边的石墩坐着几个闲聊的老人，正是中午放学时间，晒场有几个小孩子玩游戏，他们见到徐国亮院门口突然出现两个男人打斗，都停了下来，远远地看着。

后来，徐国荣跟跄着离开徐国亮院门前。从徐国亮家门口到村中央，有一道坡，他跌了一跤，在坡道上滚了几滚，当他灰头土脸地扶着路边的龙眼树像个小孩一样号啕的时候，同情他的人群惶恐地围过来。徐国荣现在一点都不介意这样的怜悯和围观了，从前他为人师表，可现在算什么呢？谁不知道他的老婆已经成了徐国亮的情人，而且还替他生了三个儿子。徐国荣觉得自己身后一派炎凉，他的号啕令周围的人唏嘘不已。到后来，他哭累了，就慢慢地蹲下去，跪在地上，抱着头无声地抽泣。

院子的门没有被打开的时候，徐国荣正虎着脸训骂眼前的徐同、徐志、徐们，他被徐国亮打了，但他还不敢打面前这三个在他心里无数次被称之为兔崽子的孩子。"你他妈的给我听好了，你们是野种、杂种，以后你们不许叫我爸，你们的爸是那混蛋徐国亮！"徐国荣挥着手说。

一沓钱"叭"一声扔在徐国荣面前的桌子上，崭新的一沓。徐国荣吓了一跳，侧身一看，发现马凤英叉着腰站在他旁边。马凤英说："这是三千块钱，那个人给的。我跟你说这世界没有无缘无故的馅饼，我跟那个人好，他给我钱，养活你妈和我，还有那'同志们'，你说我这么做有什么不对吗？"

院门是何时打开的，徐国荣并不知道，马凤英什么时候站在他身后的，他也不知道，可是眼前的一沓钱却是真真实实地摆在桌子上。那一沓钱有棱有角的，散发出一股纸币特有的芳香味道。

徐国荣矮下身子，把钱抓在手上，然后一屁股坐在地上。徐国荣忽然流起眼泪来。他说："我怎么会这样呢，这叫我怎么活啊……"

母亲林棉花从里屋走出来，她扶起徐国荣，让他坐在旁边的凳子上。

林棉花对他说："儿啊，别哭了。有钱我们就能过生活。"

徐国荣停止了哭声，他擦拭着脸上的泪水，慢慢坐直了身子。

院子里，"同志们"在徐国荣哭的时候已经悄然离开，三个大人忽然静默在那里。林棉花打破了静默，她是用一阵咳嗽声打破那该死的静默的，咳完，她朝地下狠劲地吐了一口痰，仿佛要把地下吐出一个坑，好把自己一张脸埋进去。却是马凤英先开的口："这事，妈你是知道的。我为什么不离婚，为什么不改嫁，妈你是知道的。徐国荣你不能怪我。妈治病那些费用、起房子的费用、生孩子罚款的那些费用，都是那个人出的。现在你回来了，这本不挑开明说的事情，是到了挑明的时候了……现在，我和你有两条路走，一是离婚，我带'同志们'自己过，二是大家这么凑合着过，在你徐国荣没找到事做之前，我向那个人要钱养家糊口。"

马凤英说这话的时候没有看徐国荣，也没有看林棉花。她的目光停在院子里那棵暗绿色的枝繁叶茂的龙眼树上。徐国荣低着头，他只听见自己粗粗的呼吸声；林棉花没有声息，她用手抵住胸口，仿佛害怕那颗心从胸腔里跳出来。院子里的气氛一时陷入沉闷之中。

马凤英转向徐国荣，说："你别闷着不说话，我知道你想问我和那个人是从哪年开始的？这个时间妈是知道的，妈你说说吧。"

林棉花小声地吐出几个字："1990 年。"

徐国荣从座位上曤地站起来，喊道："什么，我刚进去两年还不到，你就跟他乱来。你给我戴的绿帽也太早了吧？"

林棉花说："那一年我做胃切除手术，医院是要一万块钱才能住得进去的，那时只有那个人愿意帮你媳妇……要说对不起也是我这个妈对不起你啊，儿。"

徐国荣说："妈啊！你当年连一句回绝的话都不会说吗？"

林棉花掩面哭了起来。

马凤英走到外面来。村子的上空笼罩着一层厚厚的阴霾。远处全村最高的徐国亮的楼房顶处已经亮着了一盏灯，因为阴霾太重，那灯光在她看来显得忽明忽暗，起伏不定。她身后响起脚步声，徐国荣从院子里出来，说："那我们说妥了，我出去找钱，你再也不能找那个人了！"

徐国荣想找个工作。村委会主任黄抗美说，乡中学要找个门卫，他小舅现在当校长，可以推荐徐国荣过去。

徐国荣不想重新出现在那个曾经令自己难堪的地方，但现实却很严峻：他要养活自己和林棉花。这天他向黄抗美借来了自行车，从村里向乡中学出发。出门的时候，有几只鸽子在自家的屋顶盘旋，不时咕咕地叫。徐国荣从黄抗美家推出自行车，遇见徐国亮的老婆，这个女人向徐国荣打招呼说："国荣他伯好。"这是一个长得很富态的女人，比较信佛，据黄抗美说她每月有两个时间是定期的，一个时间是每月的农历初一向黄国亮要钱，另一个时间是每月的农历十五到山上拜庙。徐国亮的老婆一路跟他走到村口，她安慰徐国荣说："凡事要看开些，世间总有因果，善有善报，恶有恶报。"徐国荣没有心情和她说话，在村口徐国荣停止推车，站定抬头看了看天空。天空的鸽子已经不见了，只见几缕不太明显的淡云和不太耀眼的阳光。他吸了一口气，对徐国亮的老婆说："你怎么不跟徐国亮这个混账离婚呢?!"说罢他骑上自行车驶出了村口。

初秋的空气已经有些寒冷，一阵阵冷风掠过徐国荣的耳畔，村级公路两边没有树，近处他能够看到甘蔗地有些叶子已经发黄了，而远处有着薄雾笼罩着的高高低低的群山。路上行人稀少，间或有一两头牛在远处的路边立着，似动不动。徐国荣忽然注意到，田野依旧是以前他熟悉的田野，但种植的东西已经有变化了，以前基本都是种玉米的，而现在玉米已经消失了。那些替代玉米的甘蔗与田地融为一体，苍绿一片。据黄抗美说，现在，很多人的土地都被外面的大老板承包了，他们承包来种甘蔗。这让他想起了以前集体的玉米地，也是那么多田地的，只是种玉米的那阵子，没有如今的收入多。以前，远望这片土地，因为秋天的关系，苍黄一片。徐国荣想，不管苍绿的还是苍黄的，不管是以前还是现在，土地与他是没有关系的。

徐国荣对这片土地是陌生的。是的，徐国荣从来没有干过农活。他小时候爱读书，林棉花虽是一个单身的农村妇女，但她并不强求徐国荣帮做农活，她常说，这个狗蛋能帮做什么呢？就让他读书好了。徐国荣似乎明白母亲的意图，读书更为认真。林棉花供他读了小学、初中，读了高中，高中毕业那年，他直接就考取了师范学校，那时离他当乡中学教师还有好几年时间。同龄的同学，他们或多或少都帮家里干点农活，可就是徐国荣从没碰过农具。他是乡里同一届学生中唯一考上师范学校的。那年是 1979 年，那个年代当上师范生就是捧住了铁饭碗。师范两年，他就毕业，回到乡里当老师，后来就跟马凤英结婚，再后来就有了女儿徐美丽。再后来，就发生了一些事，这些事改变了他的命运。

那年，事情的发生几乎没有什么预兆。

星期日下午两点钟，廖春花已经来到还空荡荡的校园。深秋的乡中学坐落在一座棱角分明而且冰冷的青山下面。在廖春花看来，不管是阳光，还是空气，此刻都是她的敌人，都是冰冷的。早上，她早早就起来为家里挑水、摘猪菜。她虽然只有十三岁，但农家的磨砺已经使她的身架子有了成人影子。

廖春花知道，如果她不做好家里的活，原来就不大情愿支持她上中学的那个嗜酒如命的后爹，就有可能断了她这周上学的口粮。乡村少女廖春花一大早挑完水后就去地里拔杂草、摘猪菜。当然，回来之后她还要做家务，要熬一大锅猪食，煮一小锅人食的粥。但是中午的时候，廖春花把继父的一瓶酒打烂了。

通往乡中学的道路洒满阳光，可是廖春花的心却是被冰雪覆盖的。那冰雪是厚的，她的心都快被冻得不能跳动了。脚下的路被廖春花踩得吧嗒吧嗒作响，通往乡中学的路是简陋的机耕路，不是很宽，也不是很平坦，她没有注意脚下的坑坑洼洼，路上她摔了一跤，好在没有摔破手脚，她爬起来拍拍尘土继续往乡中学方向走。因为那瓶酒，继父已经发誓不再供她读书了。"赔钱的货，爱滚哪滚哪去！"刚才继父踢了她一脚，继父还顺手操起墙边的一根扁担，廖春花一看这个架势，慌忙跑出家门。她要是不跑，那扁担会要她命的。可一出了家门，廖春花真不知往哪儿去了，除了冰冷的阳光，她感觉到四周的人投向她的目光也是冰冷的。她心里说，我现在哪儿也不能去了，只能先到学校，搬回自己的铺被和木箱。

乡中学的门卫看见一个神色疲惫的女生走进校门，星期天下午两点钟没到就有学生来校对他来说有些罕见，他用惊诧的目光打量着她。

门卫问："你怎么来得那么快？"

廖春花说："我没地方去了。"

门卫说："为什么没地方去？"

廖春花说："没为什么，就是没地方去了。"

廖春花说完就伤感地走进校园。她来到女生宿舍，看见宿舍门被铁将军锁着，才想起每周星期天下午五六点宿舍长才会到校开门。她在宿舍门口呆呆地立了一阵，感到饥肠辘辘。其实她早就饿了，早餐她没吃，中餐也没得吃，只是上午她忙着做工，中午被继父打骂才没感觉罢了。现在呆立在宿舍门口，饥饿感就像一只蛀虫一样钻进她的脑子。她想起了一个人，那个人就是与她同村同屯的徐国荣老师。

一想到徐国荣，廖春花就感到一丝温暖。她觉得现在能够帮她把脑子那只饿的蛀虫解决掉的只有徐国荣老师了。这样一想，廖春花的双脚就不由自主地走到徐国荣的宿舍。徐国荣是她的老师，跟她又是同屯，平时对她很是照顾。

徐国荣刚刚午睡醒来。他每周的规律是周六回去与老婆马凤英亲热，周日早早就到学校，上午清理自己在学校房间的卫生，中午休息，下午备课。与以往不同的是，今天徐国荣睡到下午两点钟就醒了，而以往是可以睡到三点钟的。今天的意外是因为昨晚回去马凤英来了例假，没能与她亲热，徐国荣是因为内心燥热而睡不着了。

廖春花刚敲开徐国荣老师的门眼泪就止不住哗哗流下来。她抽泣着说："徐老师，我后爸不让我读书了……呜呜……徐老师，这个后爸不让我活了，饭都不让我吃。"

徐国荣说："进屋子来再说。"

廖春花说："我后爸是杂种！"

这是她想到的最狠毒的一句话了，她在徐国荣老师面前说这句话是因为自己信任他。

徐国荣说："哦哦，是杂种……你没吃东西吧？我给你煮一碗面条。"

廖春花说："谢谢徐老师。"

学校住房紧张，住校的老师大多是卧室兼厨房，面积就三十来平方米。这间房廖春花和同学进来过好几次，房间的陈设比较熟悉：一床一办公桌一饭桌，煮东西用的是放在墙边的一个电炉，墙角放着一个水缸。平时她看到徐国荣老师的床铺被褥叠得整齐，可今天床上却凌乱无比。

一会儿，面就煮好了，徐国荣特意在面里加了一个鸡蛋。

徐国荣说："好了，你慢点儿吃。"他在饭桌对面坐着看廖春花。

在煮面条的过程中，廖春花已经吞了好多次口水，她也没听清徐国荣说什么就迫不及待地拿起了筷子。

徐国荣说："慢点慢点，还烫。"

廖春花嗯呜地应着，顾不及烫热的面条，把脸埋在碗里，呼噜呼噜地吃开了。

徐国荣有时间打量眼前的这个女学生了。廖春花脸庞绯红，因面条吃得太急额上脸上脖上渗出细密的汗珠，汗珠晶莹剔透；她穿着一件半新半旧的碎花米色上衣，衣领处被汗水渗湿，衣领上面的纽扣掉了，露出了白皙细嫩的脖颈，那白仿佛是凝结着的牛奶；廖春花显然还没有戴乳罩，里面只穿一件小背心，因为坐得靠桌太近，她把双胸托在饭桌上；徐国荣坐在对面，那对如鸽子般的双乳的轮廓便清晰可见，他看见它们比平时更显饱满圆润。徐国荣吞咽了一下口水，内心蹿起一股火苗。他忍不住站起来，伸手去擦拭廖春花额上的汗珠，说："春花你慢点吃，慢点吃。"

徐国荣走到廖春花的身边说："我帮你再盛一碗。"

"谢谢徐老师。"廖春花羞赧地抬起头。徐国荣闻到一股强烈的少女的芳香体味。

"不谢不谢，我再帮你盛。"徐国荣说着，双手却伸向桌上的那对"鸽子"。

廖春花说："噢……老师……"

徐国荣捉住那对"鸽子"，说："春花……"

廖春花有些慌乱地挣扎，说："噢……老师，噢……"

徐国荣说："你后爸不供你读书，今后我供你。"说着他从背后搂抱住廖春花。

廖春花说："噢……老师，噢……"

徐国荣内心的火轰地燃了起来。他猛然抱起廖春花，说："春花、春花……"

廖春花脑子一片空白，她不知道自己是怎样被抱上那张铺被凌乱的床铺的。

徐国荣忘记了他的房门只是虚掩的，他并没有锁上。而自从廖春花走进校园，学校门卫一直就注意着她的行踪，见她进了徐国荣老师的房门，门卫报告了校长，校长报告了派出所。

徐国荣被捉奸在床。少女廖春花后来对盘问她的校长和公安人员说，她是喜欢徐老师的，因为他说要供她读书。可未满十四岁的廖春花救不了徐国荣被判强奸罪的命运。

徐国荣当然找不到工作。乡中学不可能让一个刑满释放的人做门卫。接下来的日子，时间就像流水一样，在昌明村的人烟中流失着。找不到工作的徐国荣在外面混的时间越来越长，脾气也变得越来越差。林棉花劝他对媳妇温和点，他只是竖着脖子，一概听不进去。但一到夜间，只要钻进马凤英的床铺，他就变成另外一个模样，如果不是心有余而力不足，他一定会把她弄成一只沙漏子。马凤英感觉到他心底里已经有了一股仇恨，而且这股仇恨正像一棵树一样疯狂地生长着。从他近来的表现，这棵树已经越长越大了。有时徐国荣嘴里冷不丁就骂出一两句狠毒的话，让她听得胆战心惊。马凤英问徐国荣，说："徐国荣，你想做什么就直说，明人不做暗事。"徐国荣就说："我会杀人你信不信？"

正月初二，按乡俗，这天无论如何已经出嫁的女人都要回娘家走一回亲戚。徐国荣把林棉花送回娘家。徐国荣说："妈啊，这些年我都没有能送你一回，今年我和你回去走走吧，你也可以在娘家老舅那里住一两天。"林棉花推辞说："去走走是对的，可我这老骨头看老舅没什么意思了，再说我这病也走不了长路了。"徐国荣说："妈，没事，都通着公路了，我用单车驮你去。"林棉花说不过徐国荣，就动了心，说："那也好，听说老舅也病得不轻，我该去看看他啦。"

送走母亲林棉花，徐国荣再回到昌明村的时候，天色已经临近傍晚。徐国荣身上多了个挎包，挎包里有一包糖果、一包老鼠药，这些都是他送母亲林棉花回老舅家后拐到街上买来的。刚进家门，他看见"同志们"老实地围坐在一张桌子边。

他问"同志们"："你们妈妈呢？"

年纪大一点的徐同说："妈妈去找钱了。她说回来见我们老实坐在桌前就给我们吃糖。"

徐志说："妈妈说要带回好多的糖。"

徐们说："甜甜的糖。"

徐国荣问："你妈去哪里找钱？"

徐同说："她说去找徐国亮。"

徐国荣骂了一声："这个贱人。"

徐国荣走进房间。他在做一件事，这件事就是，他把买来的糖全部剥开，把那小包老鼠药倒到那些剥开的糖上，均匀地搅拌，然后又一颗一颗地把糖包好。做这件事徐国荣用了将近半个小时。徐国荣想，这糖太有意思了，又甜又有毒。他觉得自己变得坚强了，他想徐国亮算什么东西，不就有钱吗，有钱这回也救不了那些兔崽子。

徐国荣走出房间，院子里却只有徐同和徐志在，徐们不知跑哪去了。他对徐同、徐志说："你们不是想吃糖吗，我这有，去叫徐们回来我就给你们吃。"

徐同和徐志互相看了一眼。徐同说："徐志你去叫。这个兔崽子就是好耍。"

徐志一蹦起来就往外跑。一会儿他回来了，后面拉着徐们。

徐国荣看着眼前的"同志们"，咧嘴一笑，说："好。"

"同志们"在他面前不停地咽口水。

不知什么时候，院子外面飘起了雨丝，雨太细了，不留神几乎察觉不到。冬天的细雨无声无息，却加重了空气的寒冷和潮湿。徐国荣心里想，他们要都是他的孩子，他就不那么干了。他看见徐们身上的衣服有些湿，就叫他去换件干的，他想他们都应该温暖地死去。

徐国荣拿出那包糖。他逐一盯着"同志们"的脸，感觉到他们每个人都是徐国亮的模板，这更加坚定了他的信心。徐国荣打开那包糖，哗地倒在桌面上，说："吃吧，这是最好吃的糖。"他看到"同志们"迫不及待地剥开糖纸，放进了嘴里。

吃着糖，徐同突然对徐国荣说："他们都说你不是我们的爸爸，可你为什么买糖给我们吃呢？"

年纪小的徐们问："你真不是我们的爸吗？"

徐国荣怔了怔，问："你们希望我是你们的爸吗？"

徐们红着脸，说："你给我们吃糖就是我们的爸。"

徐同也说："徐国亮从来不给我们买糖，他来只找我妈。"

"同志们"说话的时候并不影响他们吃糖的速度，他们边说话边吧嗒吧嗒地咬着糖，生怕吃慢了就比自己的兄弟们吃得少。吃着吃着，徐们忽然说："爸，我的头好晕。"

徐国荣看到年纪最小的徐们面色晕红，酒醉了似的软坐在桌边。徐国荣突然把桌上的糖一把扫落在地，大声地说："你们不要吃了，糖里有毒！"他听见自己的声音带着惊恐的哭腔。他说："我送你们到医院。"

他抱起瘫软在地的徐们，说："徐同、徐志，快，快去找你妈，我们上医院。"

徐国荣抱着徐们一出院门就感到巨大的恐惧涌上了心头。他想他应该去找徐国亮，让他用车拉"同志们"上医院。他开始发了疯似的朝徐国亮家里跑去，他知道全村就他徐国亮家有车。

徐国荣一头撞进徐国亮的家，他看到徐国亮一家人在准备吃晚饭，一只火锅正腾腾地冒着热气，他看到马凤英也在准备吃饭的人堆里。徐国荣喘着粗气对徐国亮说："快，快救救孩子，他们吃了老鼠药。"

抱在徐国荣怀里的徐们已经有气没力，一些呕吐物被吐到了徐国荣的衣服上。马凤英冲了过来，接过徐国荣怀里的徐们，说："天啊，徐国荣你到底干了些什么?！"

徐国荣说："快快救人要紧，徐同、徐志也吃了。"

徐国亮冲出来，他大骂："徐国荣你这个畜生，快点上车，徐同、徐志在哪里？"

徐国荣说："在后面。"

徐国亮起动车辆，沿路找到徐同和徐志，然后拉着徐国荣、马凤英和徐们急急往县城医院开去。

在车上，徐国荣觉得世界末日快要到了。

这个夜晚，徐国荣在惊恐中度过。

在医院急诊室门口，徐国荣缩坐在候诊椅的一角，他呆滞、无语，周身突然筛漏似的颤抖一阵，极像一只被抽走魂儿的野狗。三个孩子在急诊室里洗胃，医生和护士不停地走动，徐国亮和马凤英也在门口焦虑不安地走动，其间徐国亮几次拿出那砖头大的大哥大要报警，都被马凤英抢了过来。徐国亮像一只困兽，几次走到徐国荣面前，说："要是'同志们'有什么三长两短，我就杀死你这个畜生！"

夜里的声响特别大。急诊室里传出的每个声音都让徐国荣感到惊吓。徐国荣在牢房里学得最多的就是法律知识，他知道投毒罪。犯投毒罪的，尚未造成危害后果的，处三年以上十年以下有期徒刑；致人重伤、死亡，或者使公私财产遭受重大损失的，处十年以上有期徒刑、无期徒刑，或者死刑。

徐国荣刚从牢房里出来，他再也不想回到牢房中去。羁押在狱中的生活是痛苦的。狱中生活非常枯燥：每天的生活起居都是一样的，早上不到6点就起床，洗漱整理内务，过后就吃早饭打扫卫生。每周一、三、五上午的9点到11点，在押人员都会在监室内静坐悔过，并且有专人组织学习，午饭时间过后继续静坐悔过，直到晚饭前。监狱的伙食很简陋，天天白菜、萝卜的，都是水煮的，少有油腥。监狱里面有服装厂、玻璃厂，还有一个特钢厂，每周二、四、六，徐国荣他们整天工作八个小时。

在徐国荣看来，那里面最大的痛苦不是工作的辛苦，而是失去自由的痛苦。和徐国荣同监过的有诈骗犯、故意伤害罪犯、小偷、贩毒，同监过最重的罪犯是杀人犯，穿着橙色的号衣，戴着沉重的脚镣。"我是好人中的坏人，还是坏人中的好人？"刚进去时徐国荣还认为自己是一个思想上很有抱负的人，但很快，他就觉得自己都迷失了。在还当老师的时候，他根本就看不起这些人，从来都没想到自己会跟他们住在一块。在那里，他看着那些人，觉得他们都像个贼。他很怕自己感染这些人的坏习惯，刻意地远离他们。他们谈论的事情徐国荣没兴趣，他说的事情他们听不懂。而让徐国荣最痛苦的时刻莫过于他向狱警报告的模式："报告干部，我叫徐国荣，因涉嫌强奸罪，于 1988 年 11 月 27 日入所，报告完毕，请指示！"

第一个从急诊室里被推出来的是徐们，他脸色苍白，手上挂着点滴。医生对马凤英说："幸亏送来及时，没有生命危险。"

马凤英说："谢谢医生！"虽然是冬天，但徐国荣看到马凤英依然满头大汗。她俯下身看着徐们，用手抚着徐们的脸，说："谢天谢地，谢天谢地！"

接是出来的是徐志，医生说着同样的话，徐国亮接过推车走向马凤英身边。

最后出来的是徐同，走出急诊病房门口的医生问："谁是孩子的父亲?"

徐国荣说："我。"

医生说："你过来吧。"

徐国荣站了起来。由于长时间坐着，他的腿竟有点麻木和僵硬，迈过来的脚像拖着千斤重物一般。

医生说："孩子们脱离生命危险了。"

徐国荣松了一口气，昏倒在急诊室门口。

出了下毒这事，马凤英让三个孩子到县城去住，徐国亮找关系并出钱让"同志们"在县城里读书。马凤英也在县城租来的房子里照顾小孩。这一年春天，徐国荣的生活像一潭平静的死水，一切都变得索然无味。在徐国荣看来，昌明村是一个空洞洞的村庄，他不喜欢这样的空洞。村里的年轻人都外出打工去了，只剩下老人和小孩，平日里没有什么人和事情来打扰徐国荣，时间在他看来就像一块被吞进肚子里却无法消化掉的牛皮，似乎鼓鼓的、胀胀的，却说不出难受在哪里。他知道自己还不能出去，因为他一离开村庄，林棉花就没有人照顾。年初，林棉花在门前摔了一跤，脚崴后再也不能站起来走路了。

徐国荣忍住内心的悸动，仿佛一只生活在鱼缸里的鱼儿。鱼缸里的水是平静的，却似乎氧气不足，让他觉得憋屈。

坐在轮椅上的林棉花在这年的秋天突然改变了平时的沉默，她变得唠唠叨叨起来，说的话颠三倒四，神神道道。她像是要把一段时间来没有说的话弥补过来似的，日夜不停地喋喋不休。她说起她那早年就丢下她不管不顾的丈夫，述说着她嫁进这个家后遭受的种种磨难，述说着死去的徐国荣父亲的种种不是，述说着这个村子里那么多人对她的不公。她说她想念孙女徐美丽，出去打工这么多年都没个音讯，她说徐美丽和徐国荣脱离父女关系可并没有和她脱离婆孙关系啊……林棉花喋喋不休的话语，就像一群在锅台和餐桌上盘旋的苍蝇，开始徐国荣还能忍受，可几天之后，他实在无法容忍了，他说："你能不能停下你的乌鸦嘴？你还嫌我不够心烦吗！"

听到徐国荣这么骂，林棉花停止了说话，双眼突然流出了两行泪水。

一天中午，林棉花突然说："我就要死了。"

徐国荣说："你还死不了。"

林棉花说："我要死了，但有两件事放不下。"

徐国荣说："哪两件事？"

林棉花说："第一件事是徐美丽，听说她嫁了个老板，可从来没有带来给我们看过。"

徐国荣说："她过得好就行。"

林棉花说："村里的人都说她开始做小姐现在做了一个老板的情人，她那么聪明漂亮，本来是嫁个好人家的。因为你这个强奸犯让她在村里抬不起面子才跑去广东打工的。"

徐国荣说："好了好了，是我害了女儿，是我害了她没嫁个好人家。"

林棉花说："我放不下的第二件事是，你还能不能娶一个像马凤英那样能干的媳妇。"

徐国荣说："我不娶给我戴绿帽的女人。"

林棉花说："一个大男人，才四十多岁，怎能不娶女人？"

徐国荣说："我已经不是男人。"

林棉花一听徐国荣说自己不是男人，沉默了一下，说道："你去叫村主任黄抗美来，我有话要说。"

徐国荣说："他已经老了，也不是村主任了。"

林棉花说："可他还能管事。"

徐国荣说："我不去，要去你自己去。"

林棉花说："你是想气死我是吧？你明明知道我动不了。"

徐国荣不吭声。

林棉花忽然把饭桌上的碗摔到地上，放声哭喊起来。她哭喊的声音一声比一声高，徐国荣从来没有听过她如此凄凉的哭声。他真担心她会在哭声中突然背过气，就再也醒不过来。

徐国荣只好走出房间。他朝着村头的黄抗美家走去。村头有一棵高大的榕树，村里无事的老人常聚集在这里。黄抗美的家就在榕树旁边，已经不当村委会主任的黄抗美不是赌六合彩就是坐在榕树下唠叨村里的家长里短。他们谁也没有理会徐国荣，仍然在那里嗡嗡地说着话。徐国荣知道他们是看见他的，但他们就当他不存在。

徐国荣一直走到黄抗美跟前。他看见黄抗美手里拿着一张六合彩资料，正神情激动地对面前的两位老人说："这资料准啊，上一期写出红波就出红波，这一期它还是写出红波，你们信不信？这期你们要不要下注？"

徐国荣站在那里说："抗美叔啊，我妈叫你去说一下话。"

黄抗美怔了一下，不出声。

徐国荣说："抗美叔，我妈可能要死了。"

黄抗美抬起头来，看了一眼徐国荣，说："我已经不是村主任，管不了你家的事情。"

旁边的一位老人说："黄抗美现在是六合彩老板手下的小老板，你要下注他就收数。"

黄抗美说："如果你愿意下六合彩的注，我倒乐意帮你收钱。一比四十呢，你下注一千元中奖就得四万块钱……你愿意赌一把吗？"

旁边的几个老人说："徐国荣啊，不赌白不赌。反正赌钱也不至于被抓劳改，不像犯强奸罪……"

榕树下的人忽然都暧昧地笑了起来。

秋末冬初的时候，女儿徐美丽给家里寄来五千元钱。徐国荣拿着汇单对林棉花说："你的孙女发财了。"

林棉花说："你把我推到村头的榕树下面，我要对全村人说我孙女徐美丽有出息了。"

徐国荣说："为什么要对全村人说？我们拿这五千元去找工作不行吗？我们要离开这个村庄。"

林棉花说："我不离开，我活不了几天了。我只想要全村知道我孙女徐美丽有出息了，给我们寄钱了。"

从狱中出来的徐国荣没有见过徐美丽。十多年了，徐美丽出落成什么样的人，他其实是想知道的。现在徐国荣看到汇款单确实是来自东莞的，他想徐美丽应该是在那里闯出一片属于她自己的天下了。

徐国荣和林棉花出现在村头的榕树下，这是一年多以来他们第一次公开出现在村头。林棉花坐在轮椅上，徐国荣推着她，她热情地对每一个路人打招呼，然后说："美丽给我们寄钱了，五千块。"

来到榕树下，他们发现这个村中的公共场合远没有想象中的那么多人，只有几个闲聊的老人。黄抗美倒是还在，但他从上次被派出所带去后，再也不是聊话的中心人物了。这样的情景让林棉花感到失望，但她还是对他们说："美丽给我们寄钱了，五千块。"徐国荣发现，他们对林棉花的反应十分冷淡，似乎她说的话只是一缕拂不动树叶的轻风，在这个寂静的秋末的傍晚，吹不起一丝波澜。

这天清早，徐国荣和往常一样早起，却发现母亲林棉花的房间悄无声息，他推开房门，看到她已经没了气息。母亲林棉花逝去的时候，手里还拿着徐美丽的那张汇款单。

徐国荣把丧事办成喜事，他请了全村所有在家的人来吃饭，请了道公来给林棉花唱道，甚至请了一个八音班来演奏了《仙班洞》，尽管村里大多是上了年纪的老人和还不谙世事的小孩。

一场丧事，花掉了徐美丽寄来的五千元钱。徐国荣的念头是，办完母亲林棉花的后事，他将与昌明村来个了断，从此远走他乡。

徐国荣没有去找女儿徐美丽,他来到壶城。徐国荣回壶城是要找黄绵。

黄绵是徐国荣春天的时候在壶城认识的。那时他到乡里没有找到工作,又鬼使神差给徐同、徐志、徐们下药,惊慌从医院里逃出来后,只身前往壶城。他在壶城待了一个星期,口袋里的钱没有了,他住的二十块钱一个晚上的旅馆老板把他赶了出来,这时候他遇上了黄绵。黄绵是一个每天在旅馆面前卖包子的中年妇女。其实之前他们已经有些熟悉的,因为他每天两餐都向她买两个包,那是他一天的食物。

开始徐国荣把她当作陌生人来讲述他的经历和生活,他想反正又不认识,只是一个过客而已,知道他的底细也不会对他有任何伤害。那天被旅馆老板赶出来时,他才知道她叫黄绵。

徐国荣垂头丧气地从旅馆里出来,包子摊前空无一人。她问他:"又没找到工作?"

徐国荣点点头又摇摇头。她却突然说:"如果你不嫌弃,你可以和我一起做包子。我叫黄绵。"

徐国荣有些吃惊地看着她:"你这么相信我?"

黄绵说:"其实我与你是邻村,十多年前我听说过你的事。"

徐国荣脸一红,问:"那你怎么不早说?你应该骂我才对。"

黄绵说:"是人都难免有做错事的时候。"

徐国荣说:"那不是做错事,是犯罪。"

黄绵说:"犯罪和做错事其实是一个道理,就看你如何对待。"

那天下了一点细雨,是那种欲将人淋湿但又未湿的细雨。远处灰蒙蒙的,看不见山和树。壶城是个刚刚成立的地级市,人流、车流本来就稀疏,加上下着细雨,街道上几乎看不到人影。黄绵的摊点其实就是一辆三轮车,车上架着一口铝锅,锅底下是一个燃着蜂窝煤的炉子。三轮车顶着一把大大的伞。看到徐国荣站在细雨下说话,黄绵说:"进来躲躲雨吧。"

徐国荣有些犹豫。黄绵又说:"这雨可没停那么快呢……要不,跟我去我家看看?我家离这不远的。"

徐国荣不想走,可空空的肚子让他对从铝锅里飘出的菜包子味道产生了味觉。他咽了咽口水。

黄绵说："这细雨的天我也没有什么生意，你跟我走吧。"

这是一个长相平凡而稳重的中年妇女。走在前面，徐国荣看到她即便推着三轮车，也是一副平平稳稳的身架子。徐国荣从她的嘴里知道，她多年前丧夫，一直未嫁他人，育有一个女儿，女儿已经在外地工作。

徐国荣跟着她来到一座平房前面。这是一座陈旧的房子，外表和内里一看就知道原来只是毛坯房，没有装修。不过屋前屋后倒是收拾得整齐干净。门边拴着一只狗，狗见一个陌生人跟着主人，嗷地叫了一声，弓起身子目露凶光地盯着他。黄绵吆了一声，说："黑子，你别乱嗷，老家来的客人。"

听她口气，徐国荣知道那狗应该是叫黑子。黄绵又说："这是我家。"

进到屋来，徐国荣自然看见了屋内的景象。屋内有些暗，墙壁是裸露的水泥砖，外厅齐人高的墙上贴着一些报纸，报纸陈旧发黄，有些虫咬的洞洞。厅内的家具也是陈旧的，一桌一椅，桌上放些碗筷，碗筷摆放倒是整齐，大概这桌是多用的，是餐桌也是碗柜。

在徐国荣打量外厅的时候，黄绵已经忙乎给他倒了一碗水，还拿出两个热乎乎的包子。黄绵说："你喝水。"

徐国荣没有客气，拿过包子狼吞虎咽。

接下来的内容，是黄绵的继续述说。她好像觉得从旅馆到她家的一路述说还没有足于表达她的苦难。她说她那死鬼丈夫很多年前抛下她和女儿不管，独自去天国享福去了，建个房还留下一屁股的债，她边还债边拉扯女儿，吃喝拉撒，上学读书，一个人不容易啊。她说她想找个人再嫁，可不知从哪时起周围的人都传她断掌克夫。她甚至拿手掌伸到徐国荣的眼前，说："你看看我这手，是断掌的手吗？完全是胡说八道嘛。"

听着黄绵的述说，徐国荣突然想起母亲的唠叨。他想她的唠叨有点像母亲林棉花。他想她的遭遇竟然和母亲林棉花那么相似，甚至她说话的语气都有点儿相像。

这样一想，徐国荣就想到母亲林棉花种种的好，比如不管生活如何的苦都供他读书，比如小时候只要有什么好吃的都给他留着等等。总之，关于母亲的记忆便在黄绵的述说中涌了出来。

徐国荣突然说："黄绵，你能借我回家的路费吗？"

黄绵说："你不是出来找工作的吗？怎么又回去？"

徐国荣说："我回去看我妈。"

黄绵迟疑了一下，问："那你还来壶城吗？"

徐国荣说："来啊，来和你做包子、卖包子。"

徐国荣这一回村，就有近一年没有踏上壶城的土地。

黄绵还在老地方卖包子。黄绵一握住徐国荣的手，眼里就流下了泪，仿佛他已经是她至亲的人。泪水掉到徐国荣的手上，他感觉到那泪水有些浑浊，但却是有温度的。在这一刻，徐国荣突然明白了，黄绵其实是想要他做她的男人。

炭火燃烧

一、林月亮

林月亮是四十二班肤色最黑的学生，也是体格最好的学生。他从养利县安和乡下考来。一个乡下少年考到龙州中学，这是什么概念？这所原来叫"同风书院"的中学是桂西南边陲的最高学府，建于清光绪19年，在1906年间，革命先行者孙中山派同盟会会员到校教学，宣传民主思想，寻求救国救民的真理。所以，能到龙州城读书，已经相当于中了状元，那是前途无量的。

杨美河看着林月亮，小声说："放学后我们去左江书店。"林月亮不出声，用眼神止住她的声音。她扮了个鬼脸，现出调皮的男生相。如果不是身上的着装，她倒真像个男生：圆脸，眉毛上扬，声音有些粗。可她的着装却是：浅蓝上衣、玄色裙子、白色纱袜、圆口布鞋。

左江书店的主人叫夏寒，一个高瘦的中年人。夏寒曾在桂林教书。抗战爆发后，他返回家乡龙州，从事抗日救亡的宣传活动。夏寒通过各种关系，购进一批进步书刊，开了左江书店。书店明里摆卖着中小学课本和文具用品，暗里秘密出售《新华月报》《展望》《民主周刊》《社会发展史》《大众哲学》《新经济学讲话》等报纸书刊。夏寒对林月亮他们说，有着光荣革命传统的左江人民，绝对不会容忍任何反动的黑恶势力胡作非为，你们要在斗争中接受考验，争取早日成为先锋队的一员。

杨美河长得白。肤色一白，就自然让人感觉漂亮，也就没有人看出她来自乡下了。她与林月亮其实是同乡，父亲是安和街的木炭老板。有同学说她与林月亮是四十二班的黑白配。林月亮倒没有这方面的想法，只觉得她跟上时代新潮，有革命志向，凭这一同志关系别人喊什么配都无所谓了。林月亮是卖炭翁的儿子，从6岁开始就是家里的半个劳力，10岁以后就能顶一个全劳力。林月亮10岁才开始上小学，在安和乡中心校读（民国年间，乡村孩子10岁才上小学读书算是正常的）。林月亮喜欢有革命志向的人，比如班上的马统中，对抗日宣传十分积极；比如他的同桌刘亮，一起在班上组织读书会，还暗地里一起交流学习革命理论感想。当然，他觉得自己也是个有革命理想的人，但这理想如何在现实中完成蜕变，他还是感觉迷惘。可在杨美河的眼中，他已经是革命的引路人了。她每天放学后都想和他在一起，在左江书店后面那间小书房一起读书，一起讨论如何推翻这个黑暗的社会。每天下午第二节课下课之后，她会走到他桌边，约他晚上读书。每当这个时候，林月亮都会警觉地看看四周，因为夏寒曾告诫过他，革命有风险，要在保证自身安全的情况下秘密进行。同桌刘亮严厉地对杨美河假咳了一声。杨美河脸红了一下，再次小声地说，放学后我们去左江书店。

放学后他们就去左江书店。从学校到左江书店，要经过一条木炭街。每次经过这条街，杨美河总会情不自禁攥着他的手。这条街让她有着深刻回忆。林月亮在这里被几个街头仔狠狠地踢打过一顿。

林月亮那时并不知道在什么地方得罪了这伙人。

不过，林月亮是耐打的，又练过武功，有相当了得的功力。13岁的时候，他跟安和街黄铁匠习武。黄铁匠是黑水河一带的武功高手，他对林月亮说，要习到高境界的武功，必须学会被人打。他那时被三个强壮的街头仔你一拳我一脚暴打，直到林月亮在地上直打滚儿，在外人看来，惨不忍睹。只有门道深厚的人才看得出来，强壮的施暴者无论如何拳打脚踢，那像用石头捶击出来的扑扑作响的挨打声都发自林月亮的肩、腰、腿等部位。他唔唔地呻吟，不明就里的旁人会以为他正疼痛难忍。如果那几个街头仔在安和乡待过，就会明白林月亮在黑水河一带抗打能力是出了名的。被别人打，就他的感觉而言，甚至是一种享受，似乎别人下手越重，他越觉得舒坦。

这几个专门找碴儿的街头仔说："木炭街是什么地界呢，法国人走过来都看我们的脸色，你个乡巴佬怎么就敢在这卖炭?!"林月亮没有抗争，他在地上看到青石板的街面其实并不平坦，一些穿着皮鞋、布鞋、胶底鞋、草鞋的大小不一的脚在他周围停了下来，但没有一只脚走近他。林月亮感觉到轻重不一的乱拳乱脚打在身上，快感如同潮涌。林月亮不是没有能力还手，他知道一还手，这种给他带来愉悦的打击就会停止。林月亮回忆了一下，这种真实被打的愉悦自他到龙州读书以后，就再也没有过。林月亮是个体格强壮的年轻人，被打的那一天虽然早早就从安和街出发，挑着近百斤的木炭走了几十里的山路，中餐只吃一个红薯、喝几口山泉水，但他相信，只要他一还手，这几个貌似能耐大、如虎似豹的街头仔就会落荒而逃。他在地上无意中开了一会儿小差，脸上就被踢了一脚，有一股撕裂的疼感划过下巴，嘴里便有一股咸腥味的液体涌出。他一口把它咽进肚子里。那时，黄昏的街面卷起一阵狂风，沙尘和杂物掠过他的脸，他闭上眼睛，再也看不到街面的物件。

林月亮被暴打那天，围观的人群外围有他的同学杨美河。杨美河啜泣着躲在人群后面，伤心地看着心上人被打，她一点办法都没有。而在临街一个茶馆的二楼，马统中站在窗户边，嘴角露出冷笑，漫不经心地看着街上殴打的场面。街上打人的几个街头仔是他花钱请来的。林月亮、杨美河、马统中，这三个在以后的岁月里关系错综复杂的人，那时同处在木炭街里，没有人看出他们未来的命运。冬天寒冷的狂风卷走了群众看热闹的热情，同时也因为接近傍晚，路人也纷纷回家。几个街头仔停止殴打，骂骂咧咧地走了。龙州城的木炭街像一条刚刚还激荡涌动、奔腾不止的河流，一下子被断了水源，变得冷清、沉寂。

杨美河最初没有看到林月亮动弹，以为他已经被打死。后来见他慢吞吞地爬起来，她才怯怯地走近。"月亮，月亮……你还好吧?"她低声地问。她向四周张望了一下，然后低头扶起林月亮。

林月亮一屁股坐在地上。他用衣袖抹去了脸上的尘土，又抹了抹嘴上血迹，说："小意思呢，你难道不知道我是耐打的吗?"

杨美河蹲下来，为林月亮轻拍身上的尘土。

"疼吗?"她问。林月亮摸摸身上的口袋。那些卖炭得来的铜钱已经没有了，它们被那几个殴打他的街头仔搜身抢走了。林月亮抬头看木炭街清冷的街面，狠狠地咬了咬牙。

当然，现在急着要去左江书店的林月亮已经忘记一年前被打的事。

他参加革命的事情，除了杨美河、刘亮、马统中知道，还有远在安和街的未婚妻何丽以及他师傅黄铁匠的儿子黄谷流知道。站在革命对立面的是马统中，这是几年之后他才知道的，他还知道马统中的家人都是反动派，是他要推翻的对象。

何丽是林月亮的未婚妻。林月亮在三兄弟中排老二，老大是林太阳，老三是林星星。母亲因患哮喘病，只能在家里做些轻杂的事务。在安平村，靠卖炭维持生活的家庭是相当困难的，于是父亲林老三只能送走林月亮。林月亮被送到安和街有名望的布店老板何建昌家中，算是干儿子，也是未来的女婿。何丽是何建昌的女儿。安和街历来有重教育的风气，有名望的人当然不例外，何建昌想法要比一般人高，他和木炭老板杨忠仁接受先进的思想，倡导安和街人要男女平等，共同接受国民教育。只可惜何丽读书有些愚笨，不能和林月亮、杨美河一起考到龙州中学。

二、杨美河

杨美河是安和街木炭老板杨忠仁的女儿。没到安和街读书的时候，林月亮常跟父亲林老三到街卖炭。木炭老板杨忠仁的故事其实已经传遍黑水河两岸：杨老板娶了一个漂亮的老婆，这个老婆叫金梅；金梅出生在龙州县竹卜乡金龙村，这个村历来出美女，是有名的美女村。而金梅在金龙村是最漂亮的。金家在金龙是大姓人家，外出做生意的人也多。金梅的父亲在安和街开了个木炭店，经营得井然有序。金梅长到豆蔻之年，父亲把她接到安和街。金梅一到安和街，安和街另外几家木炭店生意立马萧条，而与金家木炭店毗邻的打铁店、布匹店和豆腐店莫名其妙地红火起来。金梅的双亲都是重才气的，按照黑水河畔的习俗在街上摆山歌擂台，择才选女婿。后来杨忠仁就接了金家的木炭店，成了安和街的木炭店老板。

自古红颜多苦命。林月亮不会忘记民国三十二年初秋的这一天。这天早上，安和街的鸡"咯咯"乱叫，有几只跳上屋顶，惊恐地张望天空，立马又跳回地面，往某个角落里钻；狗"汪汪"乱吠，不是冲着街面，而是仰着向天，然后在街上窜来窜去……

一阵紧接一阵的风，从层峦叠嶂的布罗山漫扑下来，沿着跌宕起伏的黑水河一路袭到了安和街。凹凸不平的青石板街面被风卷起一圈圈旋涡，迅疾地将残积在某个角落的枯枝落叶、稻草、鸡毛蒜皮之类的轻飘什物捎带到半空，继而侵袭附近的那些毫无防备的荒野村落。狂风呜呜作响，那风所掠之处，顶上附着一片乌云。

这是传说中的罡风啊！林月亮听到一个老者说。这个老者是住在西街的黄道忠老人。老人99岁了，历经咸丰皇帝、同治皇帝、光绪皇帝，直至看到清朝的最后一个皇帝宣统倒台。

罡风一遍遍地刮过来，壮汉杂居的乡村寒意顿起。

就是这个早上，林月亮听说杨美河的父亲杨忠仁死了。

林月亮早上起来就跟着师傅黄铁匠到杨老板的木炭店去。黄铁匠找来街上的孙郎中问道，"老孙，你看这是怎么回事?"孙郎中俯下身，掀开盖在尸体上的白布，反复查看了杨老板的脖颈、嘴巴等，"铁匠兄弟，杨老板是被人掐了脖子，然后再弄到屋梁作出上吊的样子……"

中午时分，林月亮才看到杨美河从县城姑姑家赶回来。安和街毕竟比不上县城热闹，前些日子，父亲杨忠仁把她送到县城的姑姑家，住上几日。林月亮看到杨美河脸色苍白，六神无主。

林月亮一整个上午都看到黄铁匠黑铁着脸，喉结一上一下地滚动。林月亮知道，每逢大事，黄铁匠都能帮助杨美河的家人。假如力气能够使杨美河的父亲起死回生，林月亮相信，黄铁匠一定会把力气用尽。

门外有一些围观的人，一阵狂风也没有能够把他们吹走。街边的一些稻草堆被风肆虐得一根根竖起来，能够脱离开的，就向空中扬去。人们的头发也竖了起来。少女杨美河朝黄铁匠的身后躲去。

咦——金梅呢? 金梅哪儿去了? 有人惊喊起来。这时人们才发现杨美河的母亲金梅失踪了。

从门外慌慌张张冲进来一个人。那个人脚上穿着一双有些褪色的蓝布鞋，身上的衣着也是蓝色土布。他是苦丁村的刘叔。刘叔对黄铁匠和杨美河说："金梅被马习虎掳上山去了。"

黄铁匠问，你亲眼看见? 刘叔说："马习虎上山的时候路过苦丁村，很多人都看见了。"

马习虎是土匪。安和街很多人都见过马习虎，他身材高大，国字方脸，粗眉大眼，平时下山骑着一匹白马。

刘叔说："马习虎把金梅横抱在马前。"

林月亮没有看到黄铁匠有什么反应。

林月亮知道，黄铁匠跟杨忠仁关系非同寻常。两人是在土地庙里斩鸡头喝血酒结成老同的。

土匪马习虎最兴盛的时候，曾带领1000人马攻下养利县所在地的桃城，之后又连克附近5个县城，一时声名大噪。

黄铁匠没有出声。林月亮看到杨美河流下悲伤的眼泪。

这一时刻，林月亮多么希望他的师傅黄铁匠能有所表态。他想他的师傅黄铁匠应该把手中的铁锤狠狠地在地上砸出一个坑。可是黄铁匠没有吭声。

刘叔对在门外围观的人喊，你们不要在这里看了，马习虎很快就从布罗山下来了！门外的人像听到晦气的乌鸦叫声，急急地从街上散去，不久，街上就空无一人了。

黄铁匠问："马习虎真的还下山？"

刘叔说："你还是快点给杨忠仁办后事吧，杨家没有人了。"

黄铁匠看了一眼杨美河，说："好吧，趁马习虎还没下山，我们快点办丧事吧。"他又对杨美河说："你父母不在，但还有我和布店何老板这些叔伯，还有你姑姑，我们想办法供你上学。"

杨美河自小过着公主般的生活，一下子就失去了父母的支撑，心里失落自然不必言说了。林月亮想，如果她在高小升中学考试前发生痛失父母事件的话，别说考上龙州中学，一般的中学她都考不上。

杨美河和林月亮曾是安和中心小学的骄傲。安和街有人在私底下议论，杨美河是仙女下凡来的，不但聪明，还长得白白嫩嫩；而何建昌的那个上门女婿根本就不是人，能文能武，学三年比人家五年学的东西还多，而且还在黑水河两岸有名的武师手下学到不俗的武功。安和中心小学马校长早在没考试的时候就自豪地向外宣传，说安和今年要有两个人考去龙州中学，这两个人就是杨美河和林月亮。

考上龙州中学你就能够有一个美好的前程，安和中心小学马校长常对学生们这样说。安和中心小学校长之所以如此肯定林月亮和杨美河能考到龙州中学，是基于他对这两个学生的了解。杨美河虽为女流，但家风甚好，杨忠仁对教育女儿十分重视，从小就打下很好的基础。而林月亮，农家出身，天资聪颖，对学习有一股发狠的劲头。校长在安和中心学校兼上高小几个班的算术课，谁能有所成就他都了然于胸。平时测试，校长都会站到林月亮和杨美河旁边，细眯着眼看他与她的解题。校长看到，每次考试，这两个学生面对一道道难题总能迎刃而解，他们往往会在收卷钟声敲响前的半个小时完成解题。

校长每天都来教室里视察，因为他兼着班主任。他平时经常在教室外面先抽上一支烟，暗暗观察上一会儿才走进教室，然后像提猎物一样提着捣乱的学生上台。校长的声音温和里带着威慑力，让学生难以忘怀。他说："你今天捣乱，我会让你家长明天来学校做一天义工。"整个安和的人都懂得，让家长到学校做义工，那是小孩调皮捣蛋了。一天，校长把林月亮和杨美河叫到他的办公室。只听校长说："你们一定要考上龙州中学，安和中心校要创造一个历史，让雷平、养利、万承三个县记住安和中心校！"校长的声音有些激动，像从他苍老的外壳里钻出来的另外一个刚强的人发出的声音，硬硬的，刚刚的，林月亮和杨美河被震慑了。校长特别关注林月亮，因为他没有读过一年级，十岁的时候就直接进二年级。校长对林月亮说："我知道你跟黄铁匠学武功，但准备到中学考试了，练功的事暂时缓一缓好吗？这两个月的时间要把主要精力放在语文上，你现在最大的弱项是语文，你要有突破，才能考上龙州中学。"

三、黄铁匠

黄铁匠是林月亮的武功师傅。

黄铁匠挑选徒弟十分严格，甚至可以用严酷这个词来形容。黄铁匠说："有好铁才能有好刀。"林月亮在他眼中就是一块不可多得的好铁。黄铁匠每天打铁都抡铁锤，手劲大，在他手下学武能出师的徒弟极少，他打徒弟就像打刚淬水的铁，禁得住锤炼才能成钢。林月亮在黄铁匠的店铺里当了两年学徒，黄铁匠的店铺窄小，又热，人一年四季都被闷着，汗流不止，而就是这样的恶劣环境，在林月亮的感觉中已经比在山上出炭的时候舒服多了。

林月亮的父亲是个烧炭的，村里人都称他父亲为林老三。从他记事起，他就与炭结缘。

说到木炭，在民国年间，安平人靠着这门手艺为生的大有人在。林月亮一家人就是靠这门活儿生存的。林月亮一家人把砍来的树木锯成一截一截的，放在炭窑中，待燃烧到六七成后就封闭炭窑，利用余热干馏，木头碳化后就成了上好的木炭。当然，如果是青冈木、蚬木更好。青冈木、蚬木是山里最硬的树种，用它烧成的木炭，火旺、耐烧、灰少，卖得好价钱。

安平村地处深山，不到 50 户人家。烧炭的手艺据传已经有四五百年历史了。林月亮家烧出来的炭都卖到安和街。安和街不大，沿青石板路一字排开，也就两百来户人家。安和街西北面靠近桂西南边陲的云贵高原四层岭余脉，那里的大山中长着碗口一般粗的青冈木，是烧木炭的上好木，周边的村民都有进山烧木炭的传统。村民烧出的木炭，大都往安和街的木炭店送。所以仅两百来户人家的安和街，就经营有五六家木炭店。而安和街的木炭老板，除了供应本地铁匠打铁、百姓过冬之用，大部分还是叫人搬过黑水河的渡口，供应雷平、养利、龙州等地。而要数赚钱的，送往龙州城是最好的选择。龙州城有洋人，有大官，所以卖得贵，行情也好。好的年景，安和街木炭老板能在龙州城卖上好价钱。

烧炭的技术，林月亮从 6 岁就开始跟父亲林老三学。在林月亮的印象中，最有气势的是开窑。这是烧炭的第四道工序。开窑用的是一柄斧头，大斧一挥，封住的窑口被利落地劈开，早已准备好的出炭人马，立刻迅疾地传递水桶向窑中淋水。这是最惊心动魄的一个环节，窑中毒气冲天，水淋进窑中的声响震耳欲聋，再加上淋水的人动作又快，一路吆喝，很有声势。一窑炭是不是成功，就要靠这时的工作是不是配合得好。等到水泼进窑中，白气消失殆尽，就可以出窑取炭了。出窑也是一件辛苦活儿，窑小洞窄进出不方便，窑内温度高，村民满头大汗，搞得满脸都是灰，出窑的人要么练就闭气的功夫，要么湿毛巾捂住口鼻，防止中毒。林月亮可以闭气几分钟，他长长吸一口大气，入窑，取炭，出窑，整个过程也就几分钟以内。为此，林月亮在村里得了一个"黑炭"的绰号。他的武功根基就是从烧炭中练出来的。

闭上眼睛。黄铁匠在第一次教林月亮基本功时告诉他，把打在自己身体上的每一拳当成是对你的抚摸。黄铁匠说："那只是皮与皮的摩擦，肉与肉的碰撞。"黄铁匠的话给他带来一种新鲜感。在林月亮听到的所有习武之道中，他从未听有人说过被打是一种享受。黄铁匠让他想象，说你要把自己想成一团棉花，想成一朵云，想成柔软的水，你要把你躯体隐藏在那些柔软的事物当中，甚至消失在空气中。黄铁匠知道林月亮的身体耐热，抗击，几乎每一寸肌肤都有一层厚茧。那一年，黄铁匠收了三个徒弟，其中有一个是黄铁匠的儿子黄谷流，还有一个富家子弟。

黄铁匠的练武场地是他家后园的菜地边上。到安和街读书后，林月亮每周都有两晚的时间在这里练武。

在黄铁匠的菜地边，林月亮不知自己被摔倒、掼倒了多少遍。黄铁匠在安和街有许多朋友，有杀猪的、宰牛的，有码头上搬运货物的，有砌砖的、拉车的，凡是腿上有劲、手腕有力的，都被他请来"收拾"林月亮。他对他们说，你们别手下留情，往狠里揍。到了准备高小毕业的时候，林月亮已经学会享受被打。那一刻让他觉得自己的身体是空的，或者说他的身体并不存在于这个世界上。他忘记了黄铁匠所教的招式，那些触碰到身体上的拳脚、棍棒都是轻飘飘的。他不需要气沉丹田，不需要"站如松，坐如钟，行如风"，任是谁都打不痛他。他的身体不是自己的，即使他有肉体、有呼吸，但那只是外表的，是摆设在世间的一具物体。他记得出师那晚，黄谷流私底下跟他说，今晚你够呛了，那家伙是扛棺材的。在黑水河一带，给死者抬棺材要体力最好的人，这些人手劲有爆发力，腿力要好，他们抬棺，往往是一声吼，起棺，然后狂奔几里甚至十几里地不歇息，从死者家里直奔葬地。更重要的是，这些人身上总是带着一股戾气，让你胆寒。现在，黄铁匠居然把这样的人安排在林月亮出师之晚来打他，他有点想不通。现在他站在菜地边，两个同门过来和他拥抱了一下，然后分别站在菜地的墙脚边。来人个子并不高，像一墩石碾，林月亮并不知道他什么时候进到菜园来，就在黄铁匠师徒说完今晚是出师仪式之后，那一墩"石碾"忽然就杵在那里了。林月亮知道高手来了，他想高手应该是从菜园的围墙翻进来。林月亮定了定神，站在菜地边凝住呼吸，他明白今晚的出师仪式没有那么简单。刚才两个同门在拥抱他的时候，还悄悄说了一句：他们都叫"鬼见愁"。和鬼见愁过招，他已经来不及细想如何享受挨打了。师傅黄铁匠也已经退到一边，于是他把心提了提，像一只豹子一般警觉起来。

"鬼见愁"移动很快，快得林月亮感觉有 10 个人围着他。他把眼睛闭了起来，想，那就来吧，来吧，让如雨般的拳击来得更猛烈些吧！他知道自己始终都要过这一关的，也知道黄铁匠和两位同门那几双眼睛盯着自己，便稳稳地扎下马步，以简单的方式应对。黄铁匠说过，越是面对高手，最佳的应对方式就是简单。一个嘶哑的声音传来，接招了。这时林月亮感觉到背部某一处肌肉突然紧了紧，他就知道将有一股力量落在那里了，这似乎已经是惯性了，每一次都是这样。对方下手没有那么重，他知道那只是试探，接下来的试探还会有七八拳或掌。他往前晃了晃，像一棵还没有长大的树被一股风吹了一下。其实，他之所以晃是因为他要迷惑对方，对方似乎也是让他给迷惑了，拳脚并不下得太重。林月亮看起来有些踉跄，其间还摔在地上两次。"'鬼见愁'，不要手脚留情！"黄铁匠在一旁提醒道。黄铁匠说这句话的时候林月亮第三次被摔在地上，随后一阵风自上而下，一只脚在他没有来得及细想便重重地拍在他腰间。这一脚力道很足，让他有一种挨打的真实感，这种真实感给他一种从外到里的舒通，让他周身的细胞活络起来。"鬼见愁"把他从地上以力拔山兮的力道举了起来。林月亮想这家伙的力道还真是可以，拿大顶啊，自右向左举起，应该是一个左撇子。林月亮头脑清晰，"鬼见愁"像拎起一捆柴火，在头顶上以逆时针方向抡了两圈，顺势把他扔出菜园。一边的两个同门同时惊叫起来，他们像在阴森的山洞里突然看到一团黑影掠过眼前，这团黑影由无数的蝙蝠组成，有一种嗜血的腥味弥漫在暗夜中。林月亮的身体越过菜园的围墙。围墙有近两米高，用山石砌成。围墙内的人并没有听到正常情况下人体落地的声音和一声受伤的惨叫。林月亮的身体在围墙内的空中是僵硬平直的，越过围墙后的瞬间他突然缩成一团，落地的时候已经变成脚先触地然后顺势打滚儿。他知道里面的人其实并不希望他受伤，他们都是他的亲人。在几年的习武生涯中，如果他在练习高难度招数或被大力击打偶尔受了伤，黄铁匠都像亲爸一样体贴照料，两个同门也就是两位亲兄弟，向来都护着他。林月亮知道身后有几许希冀的目光关注着自己，他父亲林老三希望他出人头地，何建昌希望他学业有成，争得名望，黄铁匠希望他武功高强名震黑水河两岸，把黄家的武学发扬光大，两个同门希望他创出一片新天地的时候，他们也能跟着沾光。

一个影子翻出了菜园子的围墙。"鬼见愁"飘了出来，他对林月亮说："成了，你小子学到家了。""鬼见愁"握住林月亮的手又说："没想到黄铁匠能教出你这么个出色的徒弟。"林月亮说："让鬼师傅您见笑了。"

当林月亮和"鬼见愁"再次回到菜园子里的时候，两个同门说："行啊月亮，这么高的石墙摔出去都不受伤。"语气里满是敬佩。

有了黄铁匠教授武功的底子，林月亮在第二个学期就成了龙州中学的名人。全校都知道四十二班有一个体育方面特别厉害的"黑炭"。他如果愿意，可以在单杠上来几个大回环，在双杠上玩出种种招式，在别人看似难于上青天的动作，于他而言是小菜一碟，那杠上前后倒立的动作只是再简单不过的小花样。而令人恐惧的是他的抗打能力，学校每周有两节体育课，体育老师喜欢武术，又喜欢显摆，他就把这两节课当成显示自己武功的课堂。体育老师一开课，就叫林月亮站在队伍前面，一个扫堂腿，林月亮立刻噗的一声倒下，似乎他就是一根木桩，或者他本身就一把齑粉，体育老师一扬，他就如尘埃般飘落。可他就算在课堂上被体育老师踢来打去，下课以后也会若无其事。刚开始的时候，全班学生都笑话他，认为他是个基因突变的怪物。

后来人们都知道了，对林月亮来说，做体育老师的练靶根本就不是什么任务，而是一种享受。似乎被打倒的次数越多，他越高兴。在他看来，被打一两次就起不来了，没多大意思。可是当遇到最有力的击打时，他会觉得自己正迎接一道神秘的光，他调动着所有的感官去感受被打的愉悦。以前，偶尔在安和街被人打的时候，倘若凑巧那个打他的人有点力气，他会非常乐意放开自己的身体让人打，有时甚至希望对方把自己打到飞起来。

他的师傅黄铁匠当然不会只教他被动挨打，自己的徒弟能够打败天下无敌手是每一个武术师傅的荣耀。其实黄铁匠任何时候都有一个朦胧的梦想，那就是要在县城开一个黄尚官武术馆，像佛山的黄飞鸿一样。黄尚官就是黄铁匠的大名。黄铁匠看中了林月亮，他就像在春天里种下一棵庄稼，静等着秋后收割。所以在打实了抗打根基后，他把自己认为武功上的绝学毫无保留地教给了林月亮。

四、马统中

马统中在刚分班的时候是四十一班的副班长。第二个学期转到四十二班，当班长。他是校长曾恒俊带来的，曾校长说，马统中是我家远房的一个侄子。

马统中心里的信念是坚定的，他每次一个人站在龙州街头，看着林月亮和刘亮他们举旗子喊口号时，心里就冷冷发笑。马统中是在龙州城读的小学，上到中学后，马统中平时除了上课，其余时间都在接受秘密培训。在龙州城，他不仅认识曾校长，甚至认识行署专员江庚瑶，以及国民党的高层人物和特务组织。当龙州中学的部分学生都在暗中传阅红色书籍的时候，作为受训中的特别人员，马统中已经查明共产党在学校中组织所谓"马列读书会"人员，以及那些书籍的来源。左江书店是他马统中跟踪林月亮两周才确定的目标，这是他第一次提供情报给警局。警局收获甚丰，只可惜那个叫夏寒的共产党员逃走了。警局对马统中的情报工作还是相当地满意，奖赏了他一笔不菲的奖金。

马统中的这一次行动并不彻底，他在后来的反思中很是后悔。他明明知道林月亮他们到左江书店集中的时间，却没有通知警方在那个时间段行动，他对警局的行动队头目说，那些共产党员半夜才在那里集中，于是警兵只搜到书，没有抓到人。马统中知道自己心中有一个人，那个人叫杨美河。说白一点就是他爱上了杨美河，可她却与林月亮、刘亮在一起。第一次行动他就被情所困，这是他后悔的原因。而他百思不得其解，那个夏寒怎么会能够逃脱了呢? 他实在弄不清楚谁会在不到一小时的时间里迅速通知到他? 后来他才明白, 作为特工, 第一次行动他还是嫩了点儿, 他还不知道当时的警局里面也会有共产党的卧底。

马统中给杨美河写过信, 但每次都杳无音讯。马统中当面讨问过杨美河, 但她似乎不屑与他交流。他看到她跟在林月亮后面就心生火气。

有一天傍晚, 马统中在大榕树下拦下杨美河。马统中问, 你为什么不给我回信? 杨美河的脸一阵红, 她没有想到马统中那么直接问她这个问题。不过杨美河马上回过神来, 她说: "你是城里人, 我是乡下人, 我们不在同一条道上。"

马统中说: "你跟了我可不就是城里人吗, 我可以让你吃香的喝辣的。"他又说: "你整天和林月亮在一起有什么好处? 他就是穷鬼一个。"

马统中没有想到他自己说了两句愚蠢的话。杨美河刚刚接受新的思想, 追求美好爱情生活在她脑子里已经生了根。马统中的这两句话让她感到厌恶。

杨美河说: "林月亮有思想, 有激情!"

杨美河说完这句话就转身离去。

"林月亮是有老婆的人!"马统中冲着杨美河的背影叫道。

马统中和杨美河的这番对话是在秋季学期即将结束的时候。马统中想, 他得给林月亮和杨美河一次教训, 让他们见识他的厉害。马统中想, 区区几个共产党员, 怎么可能在龙州翻得了天呢, 整个国民党, 千军万马, 武器精良, 等打走了日本人, 共产党根本不可能抵挡得了国民党。一整个寒假, 马统中都在想着如何修理让他看着窝火的林月亮。马统中知道每个假期林月亮都会帮他父亲林老三烧炭, 收假后会挑一担上好的木炭到龙州的木炭街来卖。于是, 马统中找了七八个体格健壮的街头仔, 如此这般地授意了一番。马统中对街头仔说, 你们给我狠狠地打! 他要看看, 也让杨美河看看林月亮在街头仔的拳下和脚下挣扎、惨叫、号哭、咒骂、哀求的样子。马统中相信, 到时候林月亮应该会变成一个儒夫。

可是最后林月亮的表现却让马统中感到索然无味, 甚至感到有点失落和怅然。

五、黄谷流

黄谷流提着已经割了脖子的小公鸡给碗里注血。在一块平坦的石条上，6只碗已经摆好，碗里有酒。

来，喝血酒！林月亮端起碗说，我们现在宣誓。

只有五六个人，紫云洞显得有些空旷。杨美河说："我不会喝酒。"黄谷流白她一眼说："就当喝水一样！"大家笑了起来。

林月亮说："庄严点，这是革命的事情！"接着他清了清喉，开始领读农会誓词：我自愿参加农会组织，永远跟着共产党，有福同享，有难同当，革命到底，永不变心，如有变心，天诛地灭！众人之前是练习过的，便跟着他宣誓了一遍。读完，在场的男人都一仰脖把鸡血酒喝下。只有杨美河皱了皱眉，但还是勉强喝了一半。黄谷流在一旁悄悄说："我帮你喝。"

这是最后一个学期的假期。林月亮对黑水河地区的活动内容有了新的想法。他在老家安和街组织邻乡平圩、德天、布谷等地领头人秘密而又紧张地开展宣传活动，把"十友会"和"读书会"合并为"新思会"，把会员所有的书籍集中在紫云洞里，约定时间大家一起学习，就在宣誓之前，林月亮还把"新思会"改为"马列主义研究小组"，目的就是学习革命理论。林月亮接着安排下一步工作，要求各领头人以每个街屯为点，串联开展街屯农会，发展农会。

黄谷流是林月亮的铁杆兄弟。在安和街读小学时，他们除了一起练武，还一起在黑水河游泳、摸鱼。林月亮要拉起队伍，必须依靠黄谷流。林月亮在龙州城读书的两年多时间里，黄谷流的江湖义气在黑水河一带已经小有名气，"双锤怒退抓壮丁"的故事让他攒聚了很高人气。

"双锤怒退抓壮丁"发生在一年前。养利县的几个县警到安和街抓壮丁，街上的青壮年闻讯，早早就躲藏了起来。县警们进了街面却不见青壮年的影子，却又见街边的铁铺叮叮当当敲打得正热闹，过去一看，原来是一个后生哥在打铁，就乐不可支地上前去抓人。

打铁的人正是黄谷流，他突然看见县警上前就抓自己，便停下了活儿，双手紧握双锤，冷冷地问来者，要干什么？

征兵的，"走，跟我们去吃皇粮去！"一个为首的警官说。

黄谷流问，"不是说两丁抽一吗？我是家里唯一的男丁，哪有去吃皇粮的份？"

那警官强硬说："看你这虎背熊腰，一个就顶俩儿，我们要的就是你这样的壮丁！"

黄谷流见对方说的如此蛮横无理，一时性起，便挥了挥手中的两只铁锤说："来吧，不怕死的就来吧！"

县警们一时面面相觑，不敢上前。

"我就不信制服不了你这个乡蛮野夫！"警官怒道。他就卷起衣袖，亲自上前抓人。

黄谷流挥舞起手中的双锤说："我也不信你的头是铁打的！"

那警官见黄谷流玩真的，连忙拔出腰间的驳壳枪，怒道："哼，你硬，老子的子弹也不认人！"说时就把枪口指向黄谷流。

"有种你就朝着这里打！"黄谷流停止舞锤，挺起胸口冷笑道。

这时，在一旁围观的人们说开了：

"呵呵，来抓丁的不抓活的！"

"拿着枪，就会吓唬乡下人。"

"谁谁家的，可能没有爹娘生，是从牛肚里蹦出来的，所以没有一点人性的气味。"

那警官转身四下看了看，见犯了众怒，只好又把驳壳枪插入皮套，将手一摆，对几个手下说声"走"，就溜之大吉……

此后，黄谷流"双锤怒退抓壮丁"故事就在黑水河两岸流传。

按照林月亮的布置，一周以后黄谷流在黑水河两岸就发展了 8 个农会组织。

黑水河两岸正酝酿着新革命风暴。

不久，中共越桂边境临时工委组织让林月亮参加国民党军队在桂林举办的军事才干训练班，目的是让他今后能增强军事指挥才干，做一名军事领导者。中共越桂边境临时工委组织在征询杨美河意见后，安排她转学到越南华侨学校继续深造。而黄谷流则留在本地，组织开展革命活动。

黄谷流对林月亮和杨美河说，等你们学成归来，我一定组织一批革命队伍让你们指挥，打败国民党反动派。

六、林月亮

林月亮到桂林的时候夏天还没有过去，但那里的天气明显比龙州凉爽。

桂林真美啊！虽然有这样的感慨，但相比于第一次到龙州城，林月亮来到桂林陆军军官学校却是没有那么激动。这是一次为期 6 个月的培训。临出发时夏寒对他说，桂林陆军军官学校是个出官的地方，但我们不是让你去当反动派的官，我们是让你去学习回来之后，做一个推翻这些反动派官员的军人，现在正值用人之际，我们不可能按照正规军校用两年时间来培训军事人才。

林月亮在夏寒的介绍下加入了中国共产党。他加入了组织，这个组织有他梦寐以求的事业，他被推举去军校是因为文武兼备，有组织能力。去了军校他依然是武功高手。军校里面大多是国民党方面的人，这些人大多是富家子弟，他们徒有其表，来军校只是镀金，回到地方谋个一官半职。

刚到军校的那个晚上，林月亮躺在宿舍的床上辗转反侧，无法入睡。他知道自己是个幸运儿，从师傅黄铁匠收他为徒，到何建昌认"干儿子"兼做女婿，感觉自己的人生一帆风顺，这必定是命运让他做一件不平凡的事情。为了这些人，或者像书上所说的，为了劳苦大众，他必须加倍努力。到了半夜，他悄悄爬起来，来到漓江边，漓江水静静地流着，它并没有因为他的到来停止向大海的方向运动。他看看四下无人便在一片草地上站定，做了一个后空翻，落地的时候脚下发出沉闷的声音，这让他确认此时此刻并不是做梦。然后他对着夜空大声喊叫："月亮——"他的声音向暗夜中的江边传开。"你好——"林月亮又喊。他听见自己的声音混杂在风声与江水隐隐的浪涛声中，富有磁性。他想，这声音应该能够感召好多人，一个革命者的声音应该就是这种声音。林月亮又在江边练习一套拳术，直到出了一身热汗，他才跳入江中洗掉一天的尘垢。

桂林陆军军官学校的军人大多经历过一些战事，刚进去的时候听到很多人在谈论抗日，等6个月的时间快结束的时候，日本已经宣布投降。临近毕业的国民党军人们，这个时候谈论抗日的渐渐少了，他们对自己的前途更加关心，一些人已经写信到地方找相关的熟人，或者官场上的人，寻求毕业之后谋个什么职位。有一天，一个成绩最差、体质最弱的同学告诉他，他在地方国民政府的某个亲戚那儿谋到一份国军副官的职位，级别相当于副营长。那段时间，这位同学走路挺胸收腹，以使自己瘦弱的身体看起来气宇轩昂一些。林月亮每当听到同学们谈到这个话题的时候，就远离他们躲到江边练武，他情愿多流些汗也不愿意去讨论关于前程的问题。他知道他一定会回到家乡，那里的人需要他。在校园里基本没有练武的清静地方，林月亮就在晚上的时候跑到江边，只有在江边他才不被人打扰。

林月亮在桂林学习的日子里，每个月都给四个人写信，这四个人是何丽、黄谷流、刘亮和夏寒。当然这四个人也会给他回信，所以家乡发生的事情他是大致了解的。林月亮给这四个人写信的语气是不同的，给何丽，是浓情蜜意，是情书；给黄谷流和刘亮，是同学战友情，讨论的是时事和政要观点，理性而充满探讨；给夏寒，是向领导汇报自己的学习情况。而他最想给写信的人，是杨美河，但她已经到越南的华侨学校去读书，境外通信不便，他已经很久没有杨美河的音讯了。在军校，林月亮白天如饥似渴，满脑子充斥着战略战术、孙子兵法……那些都是他不曾接触过的军事知识。半夜里他又自己跑到江边，练武、游泳，对着夜空喊出对未来的梦想。他看着自己的一身肌肉，虽然有点黑，但健康、壮实，他想，其实自己并不是打不疼，而是没有怎么把疼痛挂在心上而已，就像负重感，如果那种重量常年与身体联系在一起，那这种重量人们就不会感觉出来。空无一人的江边，他可以随意思想，没有谁来打扰他，他可以想何丽、想杨美河。

6个月后，林月亮回到雷平县。

七、何丽

何丽明显已经有几个月的身孕了。带着身孕的何丽依然光彩照人。林月亮的同事周炳兴见何丽来了，打了一声招呼，转头就进入自己房间。从军校回地方后，为了便于开展地下工作，林月亮到学校当了一名教员。

何丽跟着林月亮进了他平时在学校午休时使用的房间，悄悄说："月亮，有个猪贩子找你，正在家里等。"

林月亮一愣，忙问："猪贩子？他叫什么名字？"

何丽说："他说他姓夏。"

林月亮"哦"的一声释然了，说："何丽，他就是我跟你常常提起的夏寒。"

"你知道他要来找你？"何丽问。

林月亮点点头，尔后又说："夏寒这一来，黑水河要翻起大浪了。"

何丽看着林月亮激动的神情，不无遗憾地说："可惜我已怀上了孩子，要不我也要跟你们一起闹革命去。"

林月亮看着何丽走动有点困难的样子，不由一阵心疼地说："何丽你小心点哩，你为革命养育后代，也是在对革命做贡献呀。"

何丽突然说："要不，你先给我们的孩子起名字吧。"

林月亮说："我早就想好，如果生的是男孩，就叫何胜利；如果生的是女孩，就叫何美丽。"

何丽笑了起来。

林月亮和何丽真正意义上的完婚是去年腊月十五。

这两年何建昌老得快，刚五十岁，就已经腰弯背驼了；妻子燕萍手脚虽还麻利，但盼孙心切，早就想让林月亮、何丽快些完婚。林月亮对于杨美河的思念也已经随着岁月的流逝而逐渐淡忘。自从1945年夏天杨美河转学到越南华侨学校深造，林月亮已经有三年没见过她了。这期间林月亮到养利县城找过杨美河的姑妈，打听她的消息，终是没得到确切的说法。后来，林月亮与何丽也觉得这婚事不能也不该再拖延了，于是就让两老叫上街坊邻里、亲朋好友办了几桌酒席，算是走完了结婚的流程。

林月亮跟着何丽走到店门，一跨过天井他便加快了步伐，天井的水井边空着两只木桶，他没注意差点被绊倒。来到里屋厅堂，见到夏寒，他伸出双手紧握住对方的手说："寒同志，早就盼你快点来了，你一来我心里就有主意了！"

"寒同志"这称呼，是林月亮加入组织后对夏寒的称谓；不仅他一个人叫，大家都这样叫，为的是确保秘密工作的安全。

夏寒在林月亮的肩上捶了一拳，说道："我也很想你们呀，月亮同志。"

互相寒暄了几句，林月亮便回头对何建昌和何丽说："何老爸，何丽，我带寒同志到河边看看黑水河的风景。"

何建昌知道他们要谈的是机密事宜，便说道："去吧去吧，我和阿丽在家炒几个菜等着你们。"

出了街口，林月亮急问："寒同志，你来找我，怎不直接到学校去？"

夏寒笑着说："我是想在你不在场的情况下，有意考察一下你这老岳父一家呢，看看他们是否支持你的革命事业。结果呢，答案是满意的。另外，我不想这个时候到学校找你，以免过早地引起别人对你的注意。"

林月亮觉得夏寒行事要比自己更加谨慎和机敏。

早春的黑水河景色是最美的。夕阳把金光洒向两岸的群山和村落，让人赏心悦目。黑水河的景致丰富而洗练，远处山影清晰，近处微波粼粼，河里捕鱼的汉子在竹排荡开的水面上扎个猛子，就不见了踪影；旁边的鱼鹰也仿着主人的样子，翘起尾巴，跃起，向水中扎下去。河边的码头，有村姑或站或蹲，端洗衣盆忙碌，十六七岁的样子已出落得眉清目秀、落落大方。河对岸村庄有村民在忙农活，彼此的应答声衬托出田野的寂静。沿石径走入纵横的阡陌，村舍、荷塘、竹林错落有致，大片的禾田里已播下春苗，现在是淡绿的颜色，整个景致极像一幅铺展在大地上的水彩画。

林月亮向夏寒说明了自己从桂林训练班回来之后的情况：根据龙州特支关于地下工作由城市转入农村，发动群众，组织秘密农会，加快开辟革命新区的决定精神，他已经和同事周炳兴、黄谷流等一批地方激进青年分头到附近街屯秘密串连、确定、发展农会会员，并进行了军事训练。

夏寒点头，对林月亮说："你们这一连串的工作比我预想的进展要快得多，现在整个大的形势是迎接解放战争的胜利，你们做得很好！"接着，夏寒又指示林月亮，要他把组织起来的新农会，立刻对国民党反动当局进行反"三征"斗争。

林月亮点点头，却问道："寒同志，你什么时候走？"

夏寒说："我在这里住得太久会引起敌人怀疑的，布置完反'三征'工作我就走。"

林月亮说："趁你在这里，我们今晚就开会布置相关工作，同时也请你指导我们正在筹备的平圩起义，到那时，我们要成立黑水河独立大队。"

夏寒高兴说："好呀！我参加你们的会议，给你们烧起来的火塘里再加把干柴，让革命的烈火烧得更加猛烈！"

当下，两人就返道回平圩街；走到街头，林月亮让夏寒先一步回何家，自己匆匆去找周炳兴。周炳兴正在和家人一起吃饭，见林月亮急急来找，二话没说马上搁下碗筷，拿起手电筒就跟林月亮出门。林月亮边走边交代周炳兴，要他通知黄谷流等相关人员今晚到紫云洞开会。

回到家里，林月亮见大家都坐在厅堂等着他回来再用餐，便歉意地说："我来迟了，也不用等我一个人嘛！"

何丽说："你现在是家里的主心骨了，不等你等谁？"

林月亮却笑道："嘿嘿，可我的主心骨——寒同志还在这里呢，让他也等我，没有礼貌嘛！"

夏寒也笑道："我是客人，一来就坐享其成，才是没礼貌哩！"

何建昌说："你是林月亮的引路人，劳苦功高呀！"

何丽说："好啦好啦，大家都入座吧。"

吃罢饭，天色已有些朦胧了。林月亮拿上手电筒，对何建昌和何丽说了事由，就与夏寒出了门。

清冷的月光洒在平圩街深幽幽的土地上，像是镀了一层银。

路上，夏寒说："你的家人，对革命的信念依然坚定得很哩！以后，你也要多听听他们的意见。"

林月亮点点头，却问："寒同志，你跟他提起红八军枪支的事了吗？我以前只问过我爸，他始终不开口。"夏寒知道，红八军枪支的事情，是安和与平圩两乡的前一辈黄铁匠、何建昌、杨忠仁，以及苦丁村的刘叔参加农军时保管的一批枪支弹药，据说杨美河父亲杨忠仁的死就是与此有关。

这事不急。夏寒说："今后一段时间，你们先干出些名堂来，我相信枪支的事情自然就水到渠成。"

紫云洞在平圩街后的紫云山。林月亮带着夏寒沿着小路上山，来到紫云洞时，已经见到周炳兴和黄谷流等八九个党员骨干在那里等候。岩洞里有一盆旺旺的炭火正在燃烧。

八、马习虎

马习虎深深地吸了一口烟，食指和中指间就有了辣烫的感觉。马习虎扔掉烟头，用脚一踩，然后走出房间。房间外面，阳光很亮，向前眺望，可以看见远处黑水河清幽碧绿的河水和两岸的翠竹。布罗山深处，黑水河在这里拐个弯，形成一处开阔的村落。这是一个谁都不曾想到的村落，这片土地可以养活上千人口，这片土地很安全，只要把住布罗山一处险要的路径，谁都进不了这个桃源一样的村落。

这个村落叫恩城屯。

有震人的操练声从左方传来，那是马习虎的兵营。马习虎现在还养着近两百号人的部队。现在外面很乱，国共两军各有图谋，他得时刻防备。马习虎向右前方望去，一面青天白日旗在远处的山岗上飘着，他知道再过一会儿，这旗就会换成红色的，这是他让哨兵这样做的。这是安全的信号。两旗交替的信号源，是恩城屯的险要地位，守住了这个地方，恩城屯就是一座用大山围起来的坚固堡垒。

马习虎对自己的先人选择这样的村落佩服不已。从地势上看，黑水河西面的布罗山是镶嵌在大石山区中的一方险地——它处在西大明山与云贵高原余脉的交接处。穿过布罗山腹地的那一段黑水河上下起伏很大，船只不能通行；要进入布罗山腹地，只有那条"一夫当关，万夫莫开"的山道，那山道素有"华山一条路"之称。当年他马习虎聚众抢劫官府的税赋而被官军围攻，连续半个月打不下来，后来却被他反击，一个营溃不成军。从此再也没有官军上到布罗山叫战。

恩城屯源于哪个朝代哪个典故，至今这里的人们已经无从考查。马习虎在这里呱呱坠地后，自幼习武仗义。其家父马善龙有田近百亩，年收稻谷五六万斤。遇有躲避征兵征夫逃到他家的人，都给予吃住方便。邻近百姓遇上天灾人祸，有求于他，也都得到他的资助。因此，马善龙在当地享有较高的声望。马善龙死后，马家日渐衰落，马习虎便落草为匪，手下经常养有三四十人。一次，他探知靖县派人护送税赋到省府，约有 10 担光洋，路经布罗山。马习虎便组织人马抢劫此款，此后就扩充队伍当起了山大王。有时他也带队伍到附近夺取当地政府钱粮，于是省政府就派出官军上布罗山围剿。马习虎依仗布罗山天险，尽数击退官军，一时声名大噪。后来，马习虎被收编为游击司令，镇守葫芦镇。可不久，马习虎见国民党占优，就通信叛变。他怕仇家找上门，便带着两三百人蜗居布罗山占山为王，很少离开恩城屯这个世外桃源。

无事的时候马习虎很少下山，但这并非意味着他对外界一无所知。当年红八军受挫之后，各方面的情报相继传到他的耳中。比如他知道袁也烈率领的红八军第一纵队在靖西剿匪，围攻靖西县城；国尾党军师长梁朝玑攻下龙州城后的布告已贴满大街小巷；袁也烈知晓消息后放弃攻城，率队回救龙州，到雷平得知龙州失陷后改道进入越南，往百色方向会合红七军……10 多年了，马习虎守在恩城屯，有农军来找他报仇的，有官兵找他投靠的，往来无数，却没有让他担心恩城屯会在他手中丢失。可是，近一两年，那些有组织的年轻人活动频频，起事不断，雷平、养利、万承等县乡聚集了许多不可遏制的力量，事态正在急剧扩大，他所依靠的国民党根基已经松动。

马习虎在布罗山恩城屯踞守了 10 多年，还从来没有像现在这样有着沉重的挫败预感，他感觉他的两脚像踩在泥潭里，拔不出，踩不着底，却觉得整个身体在慢慢向下陷。这是一种没顶的预感。马习虎其实也知道，现在的形势对自己这个依官为匪过日子的人来说，已经熬到头了。他已经秘密找到一条全身而退的路，走这条路以后，他只能以商人的身份出现，什么官方军方，这些以强势的力量为所欲为的生活方式将远离自己。他庆幸自己这些年来积攒了大量的黄金白银。在江湖强势 10 余载，从此不再见刀枪，可以金盆洗手也许是最好的结果。即便没有那些火热的革命，马习虎也早已看出国民党的颓势。可眼前一场突然的事变，或将把他拉进一个陷阱。他还不想这么早就金盆洗手。

这场突然的事变就是由林月亮发起的平圩起义。就在昨天，赵有德带着凤玉和几个家丁逃脱了独立大队的追捕，逃到布罗山来投靠他马习虎。马习虎想，林月亮的部队第一个目标为什么是德天乡呢？如果林月亮意在布罗山，意在恩城屯，那他是要认真想一想如何来应对这支队伍了。

如今，雷平县长钟敏又到山上求见他马习虎，看来山下确是闹得厉害了。马习虎在虎啸厅堂里会见钟敏。钟敏一走进来便打起了哈哈道，"马司令，好久不见啰！"马习虎说："马某不知县长大人驾到，有失远迎了。"

钟敏说："不敢烦劳马司令。"他嘴上虽这么说，心里却骂道，你这土匪头不把我五花大绑就算烧高香了。

马习虎说："钟县长公务繁忙，今天屈就上得布罗山来，想必有好事让马某高兴高兴吧。"钟敏朝后一招手，即有几个团丁抬着一长木箱上来；打开一看，是两挺新崭崭的德国造轻机枪。钟敏说："给马司令送点洋货来。"

马习虎笑道："钟县长一来就给了马某一个大面子，那好吧，我也不能亏待县长，金梅，上茶！"

钟敏一见金梅，眼睛都呆了：好个美人，难怪赵有德几次提起这金梅……

金梅说道："钟县长，请用茶。"钟敏说："好好。"他心里却想摸一摸这双白嫩的手。

马习虎说："钟县长这次上山，可要多住几个晚上，与马某喝两杯？"钟敏说："眼下军务繁忙，钟某我上山来是想请马司令出山逛逛山外的世界呀!"

原来,平圩方面被林月亮起事后,钟敏打算跟龙州方面调兵,却被江庚瑶专员臭骂了一通,说现在共产党都在各地闹腾,我哪来的闲兵可调?你自己想办法!钟敏无计可施,就带上一队兵丁上布罗山请求马习虎下山。

马习虎这时见钟敏说了目的,就不吭声了。他知道雷平县靠近龙州,迟早会是共产党的天下,自己这两三百人一旦被拖进去,凶多吉少。于是他说:"马某养了这些家丁,只是为了自保,从未涉足山外的事哩!"

钟敏吃了个闭门羹,很不是滋味。只好快快地说:"马司令过谦了,你的人马若不想下山久留,小住几天也行嘛!"

马习虎托故道:"这事容马某再跟几个部下商量商量。"

钟敏见他推脱,便道,"马司令,我听说贵公子也是党国中人,你帮我也是等于帮你自己啊。"

马习虎假装糊涂道,"我儿子?"钟敏说:"你瞒得了别人可瞒不了我。"马习虎说:"可是……"

钟敏见马习虎还想装下去,干脆直接点明道:"别装了,马统中是你儿子,现在可是在龙州专员江庚瑶那里做事!"马习虎脸露尴尬,却语气强硬地说:"犬子的事钟县长是不是太过关注?他能在江专员那里做事是他的本事,也是他的运气和造化,和我没有多大的关系!"钟敏说:"是造化不假,可如果让他来雷平县当个民团副司令是不是对他以后发展更有好处呢?"

马习虎语气松缓下来,说:"依钟县长之意,如果出山,犬子可以在雷平县民团弄个差事干干?"钟敏说:"我知道马司令不想动用恩城屯的老本,但本县长不到非不得已,也不敢上门打扰马司令您啊。"马习虎说:"钟县长上山,我马某怎敢怠慢呢,只是确如县长您说的,我就恩城屯这点老本,不敢动啊……要不这样行不行,我动用一些关系,让钟专员给县长您增援人马。"

钟敏说:"只要有足够兵马,打掉这几股共匪我钟某还是有这个能力的。"马习虎说:"人马我让江专员派犬子带过来……不过,钟县长您得跟江专员建议任犬子为民团副司令哦。"钟敏说:"这个我可以做得到。"马习虎说："那就谢谢钟县长了!"

钟敏虽没有请到马习虎下山，但能有马习虎这番应承，也算是有收获了。他说："还是我钟某感谢马司令吧，如果没有别的事我就先告辞了。"马习虎想起了一件事，说："马某这里还收留着一个乡长，您是否一并带走?"钟敏问："谁?"

马习虎说："德天乡赵有德乡长。"

钟敏说："那我就收下吧，丧家之犬总还是要给他一根骨头啃啃的。"

九、赵有德

赵有德被黄谷流一枪打到腿上，瘫在地上。可他还在抵抗，手里的枪不停地晃着，并且胡乱开枪。林月亮屏息瞄准赵有德。有流弹飞来，擦过林月亮的右臂，可他并没有晃动，稳稳地一枪直接打到赵有德的头上，顿时脑袋开花。林月亮用的是"三八大盖"步枪。

许多年后林月亮还记得赵有德脑袋开花的样子：血从脑瓜子像蚯蚓一样流出来，眼睛圆睁着。这个德天乡的乡长不仅是林月亮和杨美河的仇人，也是很多穷人的仇家。德天街的赵府，林月亮在发动平圩起义进攻德天乡时见识过它的堂皇：前庭后院，深宅高阁，后有靠山，前有溪流，门前立着两只威风凛凛的大石狮。赵有德有上百亩田地，在德天街有钱又有势、为所欲为。早年，赵有德跟着布罗山的马习虎闹农军，没等马习虎叛变革命，他自己悄悄拉拢二三十人，上云南贩烟土。发财后他在德天置下田产，买通县长就当上了德天乡乡长。赵有德娶有四个老婆，表面民主斯文，实则是个鱼肉乡里、流氓成性的家伙，当地人在背后称他为"赵缺德"。

林月亮的父亲是在国民党的清剿中被赵有德用枪打死的。平圩起义后，眼见平圩、德天两个乡共产党发展得越来越声势浩大，雷平县县长钟敏在会上对军警中层以上的头目们吼叫："两个星期内你们要给我把两地的共军清剿干净!"在他上布罗山找过马习虎之后，龙州专员江庚瑶便委派马统中到雷平县作为军方代表特派员。马统中带上特编队一个中队一百余人枪，配备了十几挺机枪，从县城出发，扑向平圩和安和革命根据地。正规军加民团，钟敏和马统中在黑水河一带大举围剿搞清乡、围闸，让各村搞五户联保，执行"一人通共，联保同罪"，迫使群众与独立大队隔离。由于敌探太多，控制太严，林月亮只能分散部队，以分部的形式开展活动。

钟敏从县保安营抽出一排士兵交给赵有德，让他组建一支平圩、德天两乡联防大队，并任命他为联防队司令。赵有德在德天乡公所挂上了"平圩、德天两乡联防指挥部"牌子后，让人把德天街的男女老幼吆喝到乡公所门外的大晒场上。赵有德讲话了："山不转水转，我赵有德今天又回来了。现在县府里摊派下来要征粮，不论水田旱地，一律按一亩一斗……"说罢就让街人观赏射击表演。士兵们把从村巷和农户院子里捉来的二三十只公鸡和母鸡倒吊在那棵高大龙眼树的枝杈上，那三十来个士兵站成一排，一片推拉枪栓的声音令人不寒而栗。只见赵有德举起缀着红绸带儿的盒子枪，"叭"的一声响，一只鸡"嘎——"一声惨叫，接着士兵们就开枪，接连响起爆豆似的密集枪声。枪声十分刺耳。士兵们乌黑的枪口这会儿都冒着蓝烟，而龙眼树那边，腾起一片红色的血雨，空中漫扬的鸡毛像缤纷的彩蝶。没有死去的鸡"嘎嘎嘎"垂死哀鸣，鲜血从鸡的硬喙上滴落下来，曲曲拐拐在地上漫流。龙眼树下变成了血红的土地，散发出浓烈的血腥气。表演后赵有德大声宣布，各位父老兄弟，现在回家准备粮食，一亩一斗，三天内交齐！

把德天乡的事情弄妥后，赵有德领着几个士兵来到安和乡安平村林老三的家。那天林老三背着一杆猎枪，牵着一母一子两头牛出栏，准备上山。赵有德一挥手让士兵从林老三手里夺过枪支，抢过牛绳。赵有德说，按照本县治安条令，你儿子林月亮通共有罪，理当没收全部财产。我们现在是执行公务，你如果违抗，格杀勿论！他挥舞着手中的驳壳枪威逼道，林月亮跑哪儿去啦？

林老三说："腿长在他身上，他走去哪里我怎么知道？"

赵有德说："你现在不想说，就跟我们到县府的监狱里说去。"

几个士兵得令，上前就要把林老三绑上。林老三极力挣脱后，咽不下这口被侮辱的气，转过身就往屋里走，心想屋里还有另外一把猎枪……但他刚迈出几步，就被赵有德一枪打中背部，顿时，林老三身子往前一倾，接着就重重地扑倒在了门槛上……

围观的群众有人惊叫道，"不好了，打死人啦！"

赵有德转身对闻讯而来的村民们说，这就是通共的下场！林家的人通共，财产要没收充公，县府还出了花红，谁要是拿下林月亮的人头，重赏500块大洋……

事实证明钟敏和赵有德的清剿只是他们濒临灭亡的疯狂。几个月后的夏天，中国人民解放军挥师南下，以摧枯拉朽的势态横扫国民党反动派残余势力，雷平县很快就被解放军解放。钟敏、马统中、赵有德等逃上布罗山，投靠马习虎，想凭借布罗山的天险做垂死挣扎。

围剿布罗山的战斗是在1949年底打响的。那时，林月亮的独立大队已经收编了安和乡。11月初，夏寒决定集合周边各县部队、配合林月亮的独立大队围歼布罗山土匪。

夏寒在安和街召开联席会议，向参加会议的刘亮、林月亮、黄谷流等征询意见。

林月亮认为，龙州城那边暗中支持马习虎的江庚瑶自身难保，没有兵力支援布罗山，马习虎已经四面楚歌。林月亮制订的详细攻山方案是：刘亮率领左江支队从安和街出发，正面强攻布罗山；黄谷流率领武工队以本地人上山烧炭为由，一周内逐步渗透进布罗山恩城屯，潜入山内的武工队负责摸清山内敌人布防情况，于部队总进攻时做好内应，而林月亮则带领一支队伍在布罗山后一个叫"叫当"的地方修路，摆出佯攻后山的架势，引敌加强对后山的防备，减少正面攻山的压力，同时负责阻击敌人后逃线路。

战斗其实并没有想象中的那么难打，正面部队架起了迫击炮，朝山门方向发射了十多发炮弹。轰轰作响的炮弹在山门附近开花，守卡的士兵当即弃关逃走。山里的马习虎更是胆战心惊。他召来钟敏和儿子马统中一起商量对策。而刚刚目睹炮弹爆炸的赵有德心有余悸地说："兵临山下，还商量什么对策呢，三十六计，躲到山里为上吧。"

马习虎一声长叹，说："天不助我也，我决定投降……"

当天，左江支队四百多人，在夏寒的率领下，浩浩荡荡开进恩城屯，俘虏了大部分土匪。夏寒当即以左江支队名义在布罗山张贴布告，宣传共产党和人民解放军的宗旨和方针政策。山村里有会唱山歌的，现编现唱："来了共产党，恩城第二春；人民做主人，幸福到乡村。"

只有自知难逃死罪的赵有德，带着十来名心腹躲在山上。

第二天搜山，因为熟悉山区情况，林月亮和黄谷流带着武工队执行搜山任务。随后，就有了本节开头击毙赵有德的情形。

十、杨美河

杨美河在 1950 年冬天回国，她已经在越南北部待了四年多，这期间，她除了读书，还帮助那边共产党做一些简单的翻译工作。

对于林月亮来说，这一年的冬天特别温暖。夏寒对他说，上级要把雷平、养利、万承三个旧县，合并成一个新县，名字就叫大新县，如果不出意外的话，将安排你出任大新县筹备工作领导小组组长，杨美河是领导小组成员之一。时隔多年，林月亮再次见到杨美河的时候发现她已然成为一名成熟稳重的共产党员，当然，作为大姑娘的资本她并没有失去：丰满的胸脯，白嫩的肌肤，迷人的脸蛋。新县城设在原养利县的桃城，政府的办公地点当然也在这里，赶走旧人迎来新人，筹备工作领导小组的办公室就设在原国民党县长办公的地方。新政府工作人员多一些，办公的地点也就变得拥挤窄小了，林月亮虽然贵为组长，但他还是和杨美河在一间不算大的房间里办公。

杨美河在回国之前当然知道林月亮已经结婚生子。她想，其实黄谷流对自己也不错，嫁不了林月亮就嫁他吧。可不曾想到，在她回到县城的两个月前，黄谷流去了朝鲜战场。

林月亮的儿子何胜利四岁多了，一家人都搬到桃城来了。杨美河下班后常到林月亮家去走走，带去一些水果和糖果，名义是看望何建昌和燕萍阿姨及小胜利，但大多时间是与何丽谈些私密的话，像一对闺密。

林月亮想起和杨美河在龙州读书的情景，有时候心中不免萌动别样的情感；但想到黄谷流，他就抑制了渴望。当年，家在安平村的林月亮到安和街中心小学读书后，因嫌路远往返时，就吃住在黄谷流家里。那时候他和黄谷流经常潜入清凌凌的黑水河，没多久就各自嘴衔着一条青竹鱼或什么鱼儿跃出水面，他俩就是这样给街屯上的小伙伴们证明：他们是黑水河的浪里白条和鱼鹰。街屯上所有的小伙伴对他俩都十分佩服，因为小伙伴们谁都没能像他俩那样钻进了水就能抓住鱼儿，更不说像鱼鹰那样把鱼叼在嘴里一跃跃出水面。小伙伴们都是喝着这条河的水长大的，可谁也没能像黄谷流、林月亮那样能在水里弄得出这么多名堂和花样来。

而杨美河，她曾经在多个场合声称黄谷流是她男朋友，虽自感心里有些勉强，可上了朝鲜战场终究是一件光荣的事情，在夜深人静时也会让人有些念想。

第二年春，何丽再次怀孕的时候，有消息传来，黄谷流牺牲了。林月亮一家人和杨美河赶紧回安和街看望黄铁匠。林月亮看到安和街的铁匠铺已经荒芜，他的武功师傅眉宇间没有了刚气，显得十分苍老。林月亮想起多年前自己和黄谷流学武的情景，那时黄师傅正值壮年，却没有另外给黄谷流找个后妈，怕的就是会让黄谷流受委屈。林月亮劝慰黄铁匠，自己却是泪流满面。

杨美河建议林月亮动员黄铁匠搬到桃城，以防备他想不开——毕竟黄谷流是他唯一的儿子。在桃城，还有他的老同何建昌可以说说话，林月亮、杨美河也可以时常看望他。

十一、林月亮

林月亮在恩城风景区自建房的房间里打开一个樟木箱子，木箱里装着一本相簿。这本相簿满满当当地夹着他自己各个时期的相片或者自己与其他人的合影，大大小小，有黑白的，有彩色的，甚或有涂彩的。现在是 2016 年，88 岁的他抚摸这些相片，有一种触摸历史的感觉，那都是他自己的历史啊！

林月亮最早的相片是一张桂林军官学校的毕业照。相片左上角缺了几乎一个等边三角形，自然，四周的花边也已经被时间之齿吞噬了。照片不仅发黄，而且泛着许多大小不一的灰斑、黑点。照片的背景已经模糊不清，但人物还能根据印象分辨出一二。右后排边上站着几排英武的年轻人，那是林月亮这一期的学员，后排左边站着的，就是林月亮了。他脸上的表情是欲语欲笑的。毫无疑问，这一张相片是林月亮这个班的全家福。

林月亮在另一张相片上触摸良久。这张相片拍照的具体时间在林月亮的记忆里应该是在 1949 年的冬天。他与西路军第三十九军一一五师的一名连长在镇南关合影，记得当时他带领地方部队配合解放大军把红旗插上凭祥镇南关。这是一张意义非凡的相片，那次战役之后，标志着广西全境得到解放。事实上这一年于林月亮而言，还发生许多重要的事情，比如，他带队击毙了有杀父之仇的赵有德；比如，他参加了布罗山围剿马习虎的战斗，受了轻伤，但他轻伤不下火线，直到把土匪全部歼灭。

1950 年，林月亮和黄谷流照了一张合影。那一年，黄谷流随军跨过鸭绿江，进行抗美援朝。黄谷流此去再也没回来。

1951 年 3 月，作为黑水河工委副书记的林月亮在养利民生照相馆里照了一张相片。相片上有何丽、何胜利，还有何建昌。相片中何丽肚子微突，当时她应该有 6 个月的身孕了，那年林月亮忙于把雷平、养利、万承三县重组成大新县，没能在何丽身边照料，何丽和她肚里的孩子难产身亡。这是林月亮难以释怀的痛，终生的痛。

1953 年 3 月，林月亮在南宁饭店门前照了一张相当帅气的相片，当时南宁饭店刚开张一年，里面的设施是林月亮之前没有见过的，林月亮胸前戴着代表证，一脸灿烂的笑容。这是他参加广西第一届人民代表大会第一次会议时照的，在这次会议上，张云逸宣告广西省成立。

1958 年，林月亮与杨美河结婚，当时他们照了一张结婚照。林月亮记得，那一年，广西壮族自治区成立。那年秋天，县里有许多钢铁厂破土动工，不断有鞭炮声在空中炸响，大新县城热闹非凡。林月亮和杨美河的爱情就是在热火朝天的工厂建设中有了结果。许多工厂开工，作为县领导的他们当然要全身心投入其中。那年秋天，大新县许多干部职工都到各个公社、大队指导建厂，连县领导也不例外。当时两人心里却是时时刻刻都期望着对方提出"结婚"二字。有一天，他们两人独处，林月亮问她，"你不想结婚吗？"她盯着他的眼睛看了半天才轻声说："那你放下何丽了？"他有些复杂地说：

"我想起了我们在龙州读书的时光，其实你和何丽就是一个人，何丽不在了，你就是何丽。"

杨美河扑在林月亮的怀里。她像一个没有主意的少女，娇喘着说："我等你这句话已经有十多年了，只是你那时有何丽，有何胜利，我不能破坏你的生活。"他眼睛湿润了，说："是的，我有何丽。"杨美河又说："后来何丽不在了，我又怕你放不下何丽，不敢向你表白啊。"林月亮感到自己的心抽了抽，嘴角的肌肉有些僵硬，说："即使她不在了，我心里也还有她的位置，但我爱你也是真的，真的，我爱你。"

一个月以后，林月亮和杨美河来到民政局领了结婚证，当工作人员在发证机关这一栏盖下"大新县人民政府婚姻登记专用"这个红通通的印章后，他自己一个人来到黑水河边大声地哭了一场。结婚时，林月亮给他的战友都发了喜糖，并在平圩街请了9桌酒席。这9桌酒席，大多是安和街的亲戚，他们高高兴兴地出席了林县长和杨部长的婚礼。

1967年，林月亮和19岁的儿子何胜利在黑水河边照了一张相。两人像兄弟一样肩靠肩对着镜头做出眺望远方的样子。之后，何胜利作为民兵去了越南，在抗美援越中他负伤残疾。

1978年，林月亮和杨美河在医院里照了一张相。这一年，杨美河住进了医院。相片中的她是笑的，微微地笑。相片中，他也是笑的。两年后，杨美河因病离世。后来林月亮虽然当上了县委书记，还当上了几年的地区行署专员，但他的脸上已经少有笑容了。

1986年秋天，林月亮专员和一个叫马思明的香港商会老板合影。这个马思明就是马统中，作为改造对象，马统中在20世纪50年代被强制到省城接受思想改造，后来他通过特殊渠道逃去香港。在香港，马统中找到了与父亲马习虎有关系的人，他做过食品销售，做过房地产。那一年的秋天，他回到边境搞旅游开发。林月亮和他在德天瀑布下照的这张相片，虽然有恩怨，但在两个人的脸上并没有看出什么相互仇视的神情。相片中两人握着手。

林月亮放下了相册。火炉里的炭火烧得正旺，窗外有鸟鸣。

余地风波

一

张喷边走边想，老子这辈子再不出余地屯，看谁还赢我的钱偷我的羊。天有些阴，看样子要下雨了。在阳岗上，有一只鹰在空中盘旋，似是发现了底下的某个目标。张喷抬头看了看天空的鹰，嘴里咕咕地吐出一阵臭骂：呸！他姥姥的！老子羊也丢了，钱也输了，你倒是死下来让老子送酒呀！

雨是在这个时候忽然就倾泻了下来，急切得像是在赶场，让人心里也随之生出一阵惊慌。阳岗没有地方避雨，张喷慌慌地躲到一棵榕树下，但几分钟后还是成了落汤鸡。身边那只卖不出去的羊趁机挣脱张喷手中的绳套，在雨中咩咩咩地冲进了山林中。

张喷的手在羊挣脱逃出的一瞬间抖了一下，心尖像坐在车里突然被颠了一下，钝钝的，空空的。他从脚边拾起一块石头，朝羊奔逃的方向掷去，狠狠地骂了一句："回去老子宰了你！"张喷当然不是害怕这只羊找不到，阳岗是他老婆群花经常牧羊的地方，他的羊常在阳岗的山道上溜达，对这里熟得就像是在自家的后院，跑了的这只羊今晚自会回栏。张喷担心的是今天被偷的羊和输掉的卖羊款如何向老婆群花交代。

站在阳岗上被雨水淋湿的张喷心情灰暗。不远处的余地屯在他眼底下像破船一样锚泊在小明山这座大码头的脚下，虽然屯里有许多装修很好的楼房，电视"锅"架得很高，但在张喷的眼中，现在的余地屯就是一艘破船。

阳岗是余地屯的另一个码头，这码头在某个季节曾是最热闹的地方，现在却一个人也没有。从阳岗到屯里的道路都是陡陡的下坡泥路，四个轮子的车自然是下不去，从乡里到阳岗的公路由于久不维修，后推车也只能开到半途的昌明屯。

张喷在思忖今晚如何应对老婆的时候，突然对余地屯的所有人产生一阵的厌恶。他姥姥的余地屯！他又骂了一句。骂完之后张喷就想到了应对群花的办法了，他耸了耸肩，把挎在腰上装满白酒的军用水壶拿在手中，晃了晃，然后拧开盖，仰头就"咕噜咕噜"喝一气。

余地屯在雨后夕阳的映照下，像一位刚睡醒的少妇：面色酡红、眼神亮丽、肤色娇白。这是一位城里的文人到过余地屯后给出的评价。余地屯四周是苍茫的八角林，从八角林里流出一条清水溪，清水溪绕村一周，溪水清澈透着淡绿，八角花开和成熟收获时节，淙淙的流水飘着八角浓香。余地屯每户都有几十到上百亩的八角林。八角给余地屯人带来生活的富足——几乎每户都起了一幢两三层楼房，楼房的装修一律的白瓷砖、茶玻璃。雨后，夕阳穿过余地屯被洗过了似的空气镀在那些溪水、楼房和树木上，显得亮丽无比——这样的景致在城里人眼里当然是睡醒的少妇。

张喷眼里的余地屯不会是什么少妇。张喷小学没毕业，少妇是什么概念在他脑子里是模糊不清的，哪会像城里人一样把一个村庄和少妇牵扯在一起呢。他嘴里喷着酒气，迈着有些跟跄的步子，走到屯小学。屯小学在村口处。学校有两间教室，一间教师宿舍。小学校是余地屯中心位置，有一间教师宿舍，两间教室，里面的课桌椅却少得可怜。

这时候，刚好屯小学小郑老师从西边教室里走了出来。小郑老师看见张喷，热情地招呼："嗬哈，张叔赶圩回来啦！"

张喷下意识地摸了摸自己的裤皮带子，有些尴尬地回应道："嘿嘿，回了回了。"

小郑老师凑近张喷，问："五只羊卖了，钱袋子鼓了点吧？"不等张喷答，他又把下巴朝西边的教室扬了一下，压低声音，特务接头般诡秘地说，"今晚他们来，我把场地都清好了，今晚你一定到场噢。"小郑老师接着拍了拍张喷的肩，"你放心，乡派出所几个是我哥们，只要我在余地屯，他们就永远不会下来。"

张喷咽了咽口水，说："好，好好。"

看家的黑狗箭一样冲到张喷的脚下，用干燥而温暖的身子蹭着他那还没干透的裤脚。张喷没像往常那样伸手抚摸狗头。因为狗跑出来的时候他的右眼皮莫名地跳了一跳，让他有不祥的预感。

"群花，群花！"张喷叫了两声，但没听见群花回应的大嗓门。

这时儿子走了出来，说："叫魂啊你！妈去圈羊了。"

儿子是余地屯唯一出去吃公家饭的，在乡畜牧站工作。可儿子吃公家饭在余地屯并不是一件令他张喷感到骄傲的事。余地屯人看不起吃公家饭的人：有什么了不得的？一个月领的工资还不够两箩筐的八角钱，还辛辛苦苦上班。

不过出去见过世面的儿子也看不起余地屯人，甚至看不起他这个当爸的。蠢虫一帮！——儿子是这样骂余地屯人的。

"圈……圈什么羊，明儿我……我们家不养羊了！"在意识到已经进入家门之后，张喷得将醉醺醺进行下去。

儿子鄙夷地看着他，厌恶地说："你除了喝酒和赌钱还能干什么?!"

张喷没说什么，心想看来余地屯人看不起吃公家饭的人是对的，做儿子的都敢这样鄙夷自己的老子，这个世道的天和地都翻了个个儿了。

"混账东西！"张喷踢开自己的房门。张喷当然不敢骂儿子，儿子和他妈群花是一棵树上的两根枝，同干同根，骂了他，自己赌输了的羊款和被偷的羊就难过关了。张喷只能踢门板、门板。骂完门板张喷继续装醉，倒在床上呼呼大睡。

右眼皮跳了当然会有应验。张喷是被一双有力的手揪醒的。

本来他是装睡的，不料却真的睡着了。老婆群花在一旁吼叫："把钱拿出来！"

张喷翻了个身嘟囔道："我还没输拿什么钱……"这时他还没有醒透。

群花先是一巴掌打在他身上，然后揪住耳朵把他从床上拎起。张喷个子瘦小，几乎被群花拎在空中了这才真醒了过来。"钱！"群花的大巴掌伸到他面前，"卖四只羊的钱！"

醒了的张喷抽了一口冷气，他牙痛似的咧了咧嘴，把脸上的肌肉尽量往眉头上收，这样就挤出了一张哭丧着的苦瓜脸了。张喷说："钱……钱没了。"接着他就把如何卖了四只羊，得了一千二百块，喝了一点酒，点了人家一支烟，晕乎乎要跟人家贩熊胆，待醒回来一千多块钱就被骗没了的经过讲了一遍，说得跟真事儿似的。

群花愣了半晌，有点被迷惑住了。"就这样没了？"她说，"儿子下周要拿三千块钱回畜牧站交住房抵押金呢，就差一千了。我就说让你不用赶到乡里去卖，少就少赚点，直接交给羊贩子就行了，偏你要出屯……"

张喷唔唔啊啊地应着，以为群花数落之后就能过关。不料群花走到房门口，突然悟了过来，"哇"一声朝张喷扑过来，骑马一样跨到他身上，叫道："你甭想骗我！"

张喷肩头痛得像被刀子割了一般，手臂差点没被拽断。张喷"嗷嗷"叫，说："钱真的没了哇，被骗了哇。"边说边挣扎着坐起来，结果又被群花一把扳倒，把他衣服扯脱出来，逼问："钱在哪儿？"

被扯脱了上衣的张喷紧紧护住裤头，哀着声音说："你就饶了我吧，钱真的没了哇。"

群花并没有理睬张喷的哀叫，三下五除二利索地掰开他企图反抗的双手，把他的裤腰带扯了出来。只剩一条裤衩儿的张喷顾不上别的，依旧紧紧护住他的裤腰带。群花发现了他这个反常的动作，就动用蛮力一把夺过裤腰带，随后看到了其中的奥秘：皮带内竟有根拉链，拉开链子，里面有三张百元大钞。"好啊，敢背着我藏钱！"愤怒的群花像褪下一层竹笋皮一样剥下张喷的短裤，厉声追问："还有呢？还有呢?！"

这时屋里的灯突然亮起来。

张喷被刺眼而突然的光亮止住了正在进行的动作：双手护着裆间，瑟缩着身子定格在床的一角，像一只受了惊吓的猫；群花则回过头来看着门口，脸上气咻咻的表情还没有消失。屋里一下子寂然无声，当了乡干的儿子站在门口。"你说都赌输了不就完了吗？"儿子还是用鄙夷的口气说话，"都被剥光了，你男人的脸面往哪搁呀。"然后，儿子对群花说，"妈，乡畜牧站的集资房我不要了，今年卖八角的款要全归我，我要在乡里买地起楼房！"

儿子转身离去，还丢下一句让张喷和群花伤心的话。儿子说，我再也不想回到可恶的余地屯了。张喷和群花都愣怔在那儿，两人像两只被人抽去了脑汁的呆狗。

二

张喷将一匙羹酒递过去，声音含混地说，来老表，敬你一羹。最后三百元钱被老婆群花搜走后，张喷到老表家来喝酒。老表叫卢果，在余地屯属老实人一类。余地屯老实人的概念是：不嫖不赌不掌钱。卢果家里摆设整洁，彩电冰箱音响 VCD 一应俱全，不像张喷家，电视当了，VCD 抵赌债了。

卢果从桌上的酒碗里舀一匙羹喂还张喷："老表啊，你久不到我这来喝酒了。"

"是啊、是啊。"张喷嘴上应和着，心里却想着村头小学校的热闹场面。从家里出来的时候，张喷特意绕到学校去看了看，今晚来的都是以前他赢过钱的主。他心里就狠狠地咒群花：他姥姥个死衰婆，要有那三百块，今天输掉的羊款肯定能扳本，说不定还能赢得儿子的住房抵押金。

张喷这样想的时候，就用试探的口气问卢果："老表你平时真的一文钱都不拿？"张喷其实知道老表除了要喝酒的钱其余的都交老婆管，但还是不死心，想从他那借点。

老表卢果把一匙羹酒递过来，说："我拿钱有什么用？吃穿用老婆都包了，多省心。"他劝张喷，"我说老表，你也该把钱都交群花管了算了，不赌，我和你天天都能一起喝酒，多好。"

张喷不屑地说："嘁！二三十万存在存折里掖在腰间有什么用！"

"保险啊。"老表卢果说，"不怕输掉哇。"

张喷说："输掉怕啥呢，八角又不怕掉价，十万八万也就一两年的事，不愁。再说也不一定输。"

卢果自个儿从酒碗里舀一匙羹酒，往自个嘴里一灌，眼圈儿红红地看着张喷："老表，你是不是想从我这借点钱？"

张喷心中一喜，急忙舀起一羹酒递到卢果嘴边，说："是啊是啊，八角一卖我立马还你。"

卢果把一口酒咽下去后，为难道："可钱不在我手上啊。我要手上有钱，甭说是借，拿都全让你拿去……只要你老表常来喝酒，我就不提还不还的问题。"

张喷沮丧道："跟你扯了半日，你还是没有钱啊。你怎么都把钱交张抠妹管呢。"卢果老婆叫张小妹，张喷叫她张抠妹，意思是她把钱抠得死紧。

张喷问："张抠妹去哪啦？"

卢果说："她呀，到张广娟家看电视去了。"

张喷不解："你家的二十八寸电视大着呢，怎么跑到她家去看？"

卢果道："你不知道女人爱扎堆呀，整晚还珠格格，一集一集的，没个完了。"

张喷撇了撇嘴："有什么看头，不如摸麻将刺激。"说着，他拿起桌上筷条，闭眼睛用拇指头摸着筷条头，像摸着一张麻将牌般陶醉，"二条，哇，自摸了！杠上花了！"

卢果在一旁看了直摇头："老表你中毒太深了……"

张喷眼也不睁："什么中毒？那是刺激，刺激哇！"

卢果说："你今天的羊款是赌输的吧？"

张喷说："今天在乡圩里手气太差……不提今天的事了。"他今天确实在乡圩里赌了，卖了三只羊后，顶不住圩头赌摊摊主再三怂恿，待他从三公摊里只剩下三百元出来时，两只没卖出去的羊只见一只了。

张喷骂道："他姥姥的，乡圩里的人都不是什么好东西！"

卢果还是不停地摇头："还是别赌了，有啥意思嘛。"

张喷倒出半碗酒，说："老表，一羹羹喝没劲，我和你一人干半碗。"张喷想，都说酒醉吐真言，说不定卢果醉了，就会把藏在某个角落的钱借出来呢，张喷不信卢果真的一分钱都不拿。

"干就干。"卢果半碗酒下去，舌头开始打卷，"老……表，赌是没有用的，赌……钱，会落得比张……张狗子更惨。"

见他有点晕了，张喷不甘心地试探道："你真的不能借我几百元？"

"赌、赌是没……没有用的。"卢果说。

张喷厌恶地呼了口气，见实在没有什么可能，就觉着这酒喝得愈发没意思，便叫道："来来，老表，我和你搞一碗！"

果然，一大碗酒下去后卢果便从桌上鲶鱼般滑了下去。

入夜了，头上的月亮就像一枚在酒杯里浸泡过的银币，暗淡而且昏黄——幽远的天空就是一个深不可测的大酒杯。如果天上的星星和月亮是银币多好啊，洒下的光就都是人民币了，稀里哗啦地洒在地上，让他张喷随便捡，然后上赌桌，坐上一个通宵，输也好赢也好，只要过足手瘾就行……

张喷边走边胡思乱想，村头小学校里的热闹场面就显现在他面前了：教室里烟雾腾腾，几盏大瓦数的电灯发出耀眼的光，余地屯二三十号大人比白日里的学生还多，嗡嗡的说话声显示一种酣战正浓的氛围。教室里有三摊赌摊：一是麻将赌鸡糊，二是扑克赌三公，三是色盅赌大小。旺仔、阿七、猫狐、田鼠……屯中大小赌鬼一个不缺在此聚集，小郑老师在三个赌摊间斟茶添水，忙得不亦乐乎。

张喷走进教室，眼尖的小郑老师马上就迎上来："张叔来啦？"

张喷模棱两可的"嗯"一声，眼睛直往麻将桌那边瞅。

小郑老师拍拍他的肩："麻将今晚你是不能上啦，几位都带着几万哪。"

张喷说："看看不行吗？"

小郑老师说："到三公和大小那里去看吧，千把块钱也就适合下下三公和大小了。"

张喷摸摸裤带，有些尴尬地摊摊手，呵出一口酒气说："不看不看，就看看麻将。我喝醉了，今晚不下注。"

三个赌摊，也就麻将那摊围观下注的人少。张喷哈着腰凑近麻将桌，像一只饿极的狗凑近一块骨头。以前张喷走在赌场从来都是直着腰的，因为以往他身上有钱，而现在是一分钱都没有。

屯中的旺仔和田鼠打对家，另两个是外面来的，一个叫阿雄，一个叫阿飞。旺仔、阿雄、阿飞三个满脸笑容，他们桌面前各自堆着一沓厚薄不一的人民币。只有田鼠皱着眉。

田鼠苦着声音对张喷说："张叔，我又输了一万多块。来，顶我一圈，换换手运。"

张喷连忙说："不不，我不来。"

田鼠从后裤袋处掏出一沓百元钞票拍在桌上："没什么大不了的，不就输钱吗？顶我一圈，我去大便总可以吧？"

张喷强掩饰着激动说道："那……那好吧，顶一圈，就顶一圈。"

张喷一开始是哆着手坐在麻将桌前的，但当他的手触到麻将牌的时候，手就不哆嗦了。摸着麻将，张喷刚才在老表卢果家里喝的酒顿时全消，手上仿佛就有一阵酥麻麻的微电流过，让他舒坦了全身。在麻将桌前一坐，张喷就换了个人，两眼发光，精神抖擞，犹如一个斗志昂扬的勇士，浑身都充满了力量。

一圈下来，张喷前面的那沓钱厚了许多。田鼠回来一看乐得直跳："张叔好手气啊！"

阿飞和阿雄却不肯了，阿飞说："田鼠你不上拉倒，不能叫人顶！"

阿雄说："张喷你钱没有来凑什么热闹？滚下去！"

按理，屯里这帮赌鬼都该喊他叔，可他们都直接喊他名字。

一提到钱，张喷就瘪了。张喷求救似的把目光投向田鼠，说："你看我这手气，让我再顶几盘吧？"

"说好四人打到四点的，让他顶我们就不干了！"阿飞和阿雄几乎同时说。

田鼠见势只好说："算了算了张叔，下次你带钱再自己来吧。"说罢他抽出一张百元大票递给张喷，说，"给你的，谢谢你帮我赢回一千六。"

张喷只好悻悻地站了起来，刚才还通体巡走的电流唰地一下就没了踪影。他像个被拔了插头的机器，嗡地没了声息。

即使是初夏，夜晚的余地屯也是微凉的。余地屯是大山深处的一只羊卵子，夜晚的水气、地气、林气能把这只羊卵子生生逼出寒气来。张喷睡觉的时候，习惯把腰弓成一只虾。他弓着腰，把右手腕抵在脖子下，再将手勾回来，左手则抱住右臂，那样子好像个被捆绑起来的奴隶。他本来是与老婆群花睡同一方向的，但被她推了一把，呵斥道："睡脚下去，酸酒味！"张喷就乖乖地睡脚下。

张喷保持着虾的姿势僵硬了很久，还是无法入睡，可又不敢乱动，生怕群花又踹他一脚。他心痒痒，手痒痒，浑身上下都痒痒，好像爬满了蚂蚁，里里外外，一层一层。他想，要是不动一下，他恐怕就要被痒死了。

张喷动了一下，只是意念中动了一下，但是心中立刻涌出一股惧意，而且还感觉到棉被外面涌进了冰凉的风——老婆群花翻了个身。张喷和屯中的许多男人一样，有些怕老婆。老婆群花在余地屯的女人中，身材属于高大威猛之类，但却不是女人中的头。余地屯女人中的头是张广娟，她能笼络屯中的女人，比如租影碟到她家去看，比如聚集各种零食让屯中爱扎堆的女人来消食等。而群花只能在家里作威作福，欺压自己的老公。张喷想着想着恨不得马上翻起身来，狠狠地揍她一通。但是想归想，瘦瘪瘪的身体让他只能止于想象。他小心翼翼地掀了掀属于他那部分的被子——这还是在他听到老婆群花均匀的呼吸声，并确定她已经睡着了之后才敢做的动作。

"张喷你醉了半夜不要吵醒我，不然我让你'杀猪'！"睡前老婆群花警告过他。

"杀猪"是她制裁张喷的刑罚之一，具体做法是：一手捏住张喷底下命根，一手扇他嘴巴，让他嗷嗷叫且生死不能。其他的手段还有很多，包括"杀羊""杀鸡"等等。"杀羊"是拧着耳朵扇嘴巴，"杀鸡"是揪着头发扇嘴巴。总之是五花八门，丰富生动。一想到这些，张喷立刻又收紧身子，尽是保持僵硬，连呼吸也拿捏得谨慎了许多。

突然，张喷在掀被子的时候碰到了有别于棉类的东西。那是在被角的一处，有些沉，且有些扎手。他心中顿时掠过一阵狂喜——那是钞票的触感。万万想不到，群花竟然把钱缝进棉被里。以前她把钱锁在柜子里，被他撬开了；藏在鞋子底，被他找到了；埋在米缸米底下，被他翻出来了。没想到这次她居然藏了个最危险也最安全的地方，若不是自己被欺负到脚下，恐怕也是寻不到的。

黑暗中的张喷压抑着激动，摸索到被角的线缝，然后把全身的力气用在牙齿上，像一只刨食的野狗。终于，他咬开了群花缝得密实而精致的线缝。凭手感，他知道手中的那扎用橡皮筋箍得紧紧的钞票大约有三千左右，都是百元面值，崭新的，有点刮手，还透着人民币那种特有的香味儿。

张喷蹑手蹑脚地离开屋子，用了近半个钟头的时间。他调控着动作，压制着呼吸，在暗夜中眼光闪亮地留心着房内每个可能被身体触碰到的物件。他就像阴沉天气里的一块乌云，缓慢得几乎看不出任何移动的迹象。当他成功脱逃的时候，老婆群花还睡得像一头死猪。张喷估摸一下时间，大约是深夜两点多钟了。

三

深夜两点多钟，余地屯的夜空寂静而清冷：月亮不知跑哪里去了，星星也只见为数不多的几颗，羊屎般七零八落地散落在空中——它们似乎都怕着凉，躲在看不见的云层里了。张喷一出门就脚下生风，仿佛家里是地狱，是鬼魅丛生的坟场，而他的目的地——学校的赌场，则是天堂，从家里到学校赌场就是从死到生的过程，就是从茫茫然的苦海到飘飘然的乐园的过程。张喷身上有钱就能活起来，有钱就能机敏无比——他不需要借助任何光线就能辨别方向，清冷怕什么？他现在浑身发热！

就在他经过一小片杂木林的时候，突然听到身后一声炸雷般的吼叫："不许动！把钱交出来！"接着，一束耀眼的手电筒光直照他的眼睛。

张喷被吓得汗毛倒竖，心里哀叫道："糟啦，余地屯都有劫匪啦。"张喷不自觉地抖抖颤颤地举起了双手。

"哈哈哈！缴枪了，投降了，我就不杀你了！"劫匪向张喷走过来，说道。

这时张喷听出了，那是屯里疯子张狗子的声音。回头一看，果然是他。

"你姥姥个爪子！"张喷骂道，"我是你张祖宗，你敢劫我？！"张喷骂完，上去就给张狗子一巴掌。

张狗子被打个耳光，立马哭起来："呜呜，呜呜，张祖宗别打我，我承认都赌输了还不行？呜呜……我不告了，我钱都给你了，呜呜……"张狗子说着说着就跪了下来。

张喷踢了他一脚，嫌恶地骂道："你哭丧啊你！"

在余地屯，张狗子是人见人欺的疯子，是一堆狗屎。在没有疯之前，张狗子也曾是个辉煌的人物。十多年前，张狗子高中毕业回屯里，首个在坡上砍掉杂树种起八角，后来卖掉山头，怀揣六十多万元到县城里开起酒楼。可后来他被县城里两人联合给骗了，骗得分文不剩，还欠了一屁股的债，回到屯里就疯了。

"张祖宗张县长你就饶了我吧……"张狗子竟给他叩起头来。张喷此时已没再理会他了，再迟的话赌场可就要散摊了。

第二天早晨，张喷仍然是被老婆群花一脚踹醒的。

他以为老婆群花发现钱被拿去赌才踹他，却听见她骂道："死鬼，白白你个头板，捏我脚拇指干什么?!"

张喷这才想起刚刚做的梦，他梦见自己赢了很多钱，塞满了口袋，满了还不算，他还继续自摸，继续杠上花。他被老婆群花踹的时候正是摸到一张白板，"白板！杠上花！"。他在梦里捏住那张白板，兴奋得大叫起来。

张喷不敢起来，就赖在床边上边哼哼唧唧喊困，边把身子压在棉被上。群花并没有发现钱被偷了，她一如往常地洗漱出门，将羊赶到阳岗附近去放牧。见群花吆喝着走远了，张喷才扑棱一下翻身跃起，四处寻针线。他这一生还从没如此认真地缝纫过什么，细致得像个小学生一般，对照着群花的针脚，努力地缝得一模一样。

张喷边缝边想着昨晚赌输的倒霉事，然后愤愤地咒骂张狗子。昨晚他离开张狗子后，在路上踩中一堆屎，他踢踢甩甩地来到学校时，赌场上正是白热化的时候。麻将桌已是没法近了，因为四个都带着几万，战得正酣，谁都不肯离座，他就挤到围着一圈人的赌牌摊。赌三公并不是张喷的强项，但身上有钱，所以一下注就没办法离开了。张喷出手就输，连出连输。旁人都喊他臭，不知是说他的手臭，还是说他鞋底臭。反正到小郑老师来收摊的时候，张喷已经把三千元输个精光了。

"你姥姥的张狗子！"张喷骂完这句，也把棉被角缝补好了。然后，他心情黯淡地走出家门，来到了老范的餐馆。老范是余地屯唯一外来做生意的一户人家，算是已经落户了。老范得到余地屯人的认可是因为他能够给屯里带来足以令人满意的餐饮，包括早中晚餐。老范早上做馒头、包子、油条，还煮有豆浆、肉粥等。余地屯大部分人早餐都在老范那里吃，中餐和晚餐老范的餐馆就被那些赌赢的赌徒占领了。

张喷到老范餐馆的时候，那里已经聚有屯里的一些小青年和昨晚的赌徒。屯里的老实人以及为数不多的一些勤快人早已吃过并下田做农活了。只有他们这些屯中的闲人，慢悠悠地品着吃着。他们和城里人一样，皮鞋擦得锃亮，衣服熨得挺直，头发喷了啫喱水，梳得纹丝不乱。他们跷着二郎腿，抽烟的两指一夹喷出袅娜的烟雾，不抽烟的搞一杯苦丁茶，小口小口斯斯文文地呷。

他们在老范餐馆用餐并不付现金，让老范记账，待到各家各户收了八角，卖出钱来再一次付清。

张喷昨晚输了钱，不想成为他们耻笑的对象，就独自坐在门外黄着脸吃喝。余地屯空气澄澈通透，远处的山林薄雾缭绕，像一幅美妙的画，但屯人们对这些熟视无睹。他们说：田鼠昨晚赢了五千；今年收了八角再加上一楼层；要进行室内装修；媳妇要把那旧音响给换了，换一万多块钱的那种；要把钱存起来娶个漂亮的媳妇；买支冲锋枪把那些野猪全给猎了……他们说得十分轻松，仿佛谈笑间这些东西已经到手了一般。只有张喷心情很坏，他知道群花早晚会发现钱被偷，他免不了被"杀猪""杀羊"，甚至杀人也不是没可能。

就在这个时候，张狗子裸着上身，从远处颠走了过来。他腋下夹着一束八角树的枝叶，枝叶间还有些细白的八角花。张狗子一路边走边唱："老公爹，吹火筒，买甘蔗，又生虫，买只饼，又穿窿，买只糍粑，粘喉咙……"张狗子越唱越大声，到最后几乎是吼出来了。

见到张狗子，张喷一股火气就从心底腾地冒出来。等到他走近餐馆，张喷拿了个馒头，喊道："狗子！你唱什么衰歌，吃你姥姥个奶头吧。"张狗子平时把馒头叫奶头。

张狗子停止歌唱，用脏兮兮的手揉了揉通红的鼻子，媚笑道："张祖宗真是好领导。"

张喷朝馒头吐了一口痰，又抬起脚拿馒头在鞋底上蹭了一下，扔到张狗子面前。

张狗子拾起来咬一口，对在老范餐馆前看热闹的人们说："张祖宗的奶头真好吃。"

人们轰地笑起来。张喷恼羞成怒，冲上前去扇了张狗子两巴掌。

几个小青年嗬啊嗬啊地起哄，他们叫道："张狗子还手哇，张狗子还手!"

挨了打的张狗子却呵呵笑起来，他说："打得好，打得好，张祖宗，张县长消气了就能把我的钱还回来了。"

两人没打起来，屯人们兴趣索然。有人见张狗子夹着八角枝叶，便问："狗子这么早你要到哪里去?"

张狗子说："我要进山跟我伯爷拿炸药。"

有人又假装吃惊地问："拿炸药干什么?"

张狗子说："我要炸个天崩地裂把余地屯夷为平地!"

人们听了，一点吃惊的表情都没有。因为每次张狗子都这样回答，没有一点新意。张狗子疯之后就回余地屯，跟他那个已经鳏居多年的伯爷生活，但他伯爷那间狭小的平顶房常常是堆满木头，连睡的地方都没有了，张狗子就常往山里跑。

张喷对昨晚输钱一直耿耿于怀，看见张狗子还傻不拉叽地嚼馒头，就继续捉弄他："狗子，你伯爷在山里要死了，你还不快点去看他?"张狗子信以为真地说："啊? 他死了我和谁吃饭?"人们看见张狗子急急地扔掉腋下的八角树枝，朝山里一颠一颠地跑去，老范餐馆前恢复了平静。这时东边的山梁上太阳已经升起半杆子高，余地屯的气温开始回升了。

张狗子离开几分钟后，一个学生从餐馆门前匆匆跑过。他对餐馆里的人们说："快去看啊，张可可家的狗和卢娟娟家的狗在学校里打起来了，可热闹呢!"张喷一听就站了起来,他同桌的那些赌徒也站了起来,动作比他还快一点。他们都想去看狗打架,那可是整个余地屯中最厉害的两只啊。

一黄一黑两只狗一扑一停,真正是武林高手的比试。扑的时候,带着一股风,卷起地上尘埃落叶;咬的时候,它们翻滚着,嚎叫着;停的时候,它们虎视眈眈,嘴里发出低沉的示威声。"咬啊!咬,咬!"围观的人们声嘶力竭地喊,为这场狗的战斗激情澎湃。他们煽动着,挑衅着,涨红着脸,仿佛自己也是其中一只,在咬,跃动,虎视眈眈。

学校再次热闹了起来。这个没有球架的凹凸不平的黄泥球场一下子聚了几十个成年人。学生在教室待不住了,纷纷跑出来。他们也在喊:"做,做啊!咬,咬!"张喷个小人瘦,可他的声音却是最大的。他不知从哪里弄了一根木棍,提在手里满场蹦来跳去。他用木棍一会儿敲敲地上,一会儿捅捅对峙中的狗,样子像一个驯兽师。"做,做做!"张喷卖劲地叫喊。

两只狗被人们煽呼得杀红了眼,人们已经看见狗在流血了。首先是黄狗被黑狗咬住脖子,血在黑狗白牙两侧蚯蚓般渗出来。被死死抵在地上的黄狗似乎落了下风。可是只一瞬,黄狗又从地上蓦然翻起身来,以迅雷不及掩耳之势咬住黑狗的左后腿,黑狗的腿部立刻裂出一道口子。两只狗杀得性起了,围观的人也陷入了疯狂,他们不停地发出呼喊:"哎呀呀!噢耶耶!哇噻噻……"

很自然地,赌徒开始赌狗了。"黄狗胜,我赌五百!""黑狗赢,我下六百!""黄狗七百!""黑狗八百!"……真有人就要下注,赌徒们就习惯性地找学校的小郑老师。这一找才发现小郑老师在教室的讲台上伏桌睡觉了。台下是一个学生也没有了,最后的闹剧是以黄狗落败而告终。

人群要散去的时候,学校球场一侧一棵高大龙眼树上的高音喇叭突然响起来,里面传出屯长张长春的声音:"各家各户请注意啦!各家各户请注意啦!乡里今天要到余地屯收全村教学楼集资款,请大家准备好钱,请大家准备好钱!"

人群中发出一阵嗡嗡嚷嚷的骂声:"他娘的,又下来收费了。"

四

　　这天中午，田鼠在老范餐馆请客。他昨晚在张喷顶替打几盘后翻风了，不但把输掉的一万多扳回来，还略有盈利，赢回几千元。赢钱请客，这是余地屯赌徒们的习惯。张喷当然是田鼠第一个要请的人。"谢谢你啊张叔，你顶一圈后昨晚我顺风顺水。"田鼠说，"我要多敬你几杯。"张喷嘴上说："好，好好。"内心却苦涩不已：田鼠赢了，自己却输得一塌糊涂。

　　田鼠拍出五张百元大票，对老范说："今个中午你就搞掉这五百，不赊账也不用找！"老范头点得像鸡啄米，连说："是是，包你满意、包你满意，鸡鸭鱼肉山货都给你上齐。"田鼠满意地点点头，然后回过头来问张喷："张叔你看上什么酒？"张喷说："随便，是酒就行。"田鼠果断地一挥手，说："老范，上瓶装德胜酒！酒钱另算！"

　　以前，张喷也有像田鼠现在这样豪放大气的时候，只不过近来手气差了一点罢了。张喷坐在上首，心里有些酸溜溜的。但一桌赌徒开饮之后，张喷就把不快忘掉了。因为酒席是田鼠请的，田鼠又是冲着张喷请的，所以座上的人对田鼠和张喷都捡好听话说。阿七说："田鼠下次多赢点；张叔你昨晚只是暂时的支出，紧接着就会财源广进的。"猫狐说："来来张叔，敬你一杯，这酒席可是你带来的啊。"就是在刚进餐之前，他们都还张喷、张喷地叫着，现在个个都叫张叔了。

　　酒至半酣，人就多起来了。先是老表卢果，说是来找张喷问个事，坐到酒桌前却什么事都没有，任凭众赌徒怎么轰都不走。旺仔对卢果说："你不嫖不赌，和我们不同路，不要来这里凑热闹。"卢果说："我不找你们赌，我是找我老表张喷说事。"旺仔说："那你说事，说完你走。"卢果说："我给老表一杯酒就说事。"一匙羹酒送到张喷嘴里，他自己也喝了，却还不走。

　　猫狐说："已经给一杯了，就说事吧。""我给田鼠侄子一杯再说。"又一匙羹酒后，卢果仍是坐着不动。田鼠说："说事吧。"卢果说："我还给外舅阿七一杯……"卢果滥喝在余地屯是有名的。他是逢酒必喝，有点亲戚关系家里只要设有酒宴，他就必定以种种理由到场，且逢喝必醉。张喷暗示赌友们，给卢果多灌点酒，他醉了就会自己离开的。

但是卢果还没醉，乡里收修路集资款的人就进来了。一个女的副书记带着五六个人，其中有屯长张长春，有屯小学小郑老师。

"都在这里啊？"女副书记说，"我们就现场办公，在这里写票吧。"

一见这场面，满桌人都不作声了。

小郑老师有些尴尬，打圆场说："书记亲自下屯来，又是全屯要统一交的，你们就交吧……啊，就交吧。"

喝了点酒的猫狐却不买账："书记又怎样？追债也没有在别人吃饭的时候追呀！"

女书记却也不怯："国家出了大头，县里财政也要拨款，三个一点政策跟你们宣传了多少遍，修路人人有责，屯里开会你们都同意出钱了，现在怎么说成是追债呢？"

猫狐大声起来："我不买车为什么人人有责?!"

女书记说："难道你不走路？真是没文化的人。"

猫狐不屑地笑道："嗤！有文化也不见得怎样的光彩，我一年八角的收入都顶你五年的工资！到收八角的时候我叫有文化的人来给我打工。"

"哈哈哈……"现场的人们都笑了起来。

"怪不得你们屯的路那么破烂，真是顽固不化，朽木不可雕，愚蠢又无知！"女书记愤愤地说道。

猫狐接着女书记的话，说："无知？有没有知无所谓，但比你有钱！"

张喷也跟着损女书记："你们乡干部下到村屯来，要没有小郑老师和张长春屯长，连饭都没得吃！"

"连买菜钱都没有，哪有我们现在鸡鸭鱼肉酒？哈哈哈！"猫狐又添一句。

这时候屯长张长春咳了一声，说："你们交还是不交？"

众人就立即噤声了。

田鼠见机立刻收场，说："不就交钱嘛，我们有的是钱，别让他们影响我们喝酒……我们还要划拳猜码呢。"说完在场的人纷纷掏兜，交了钱。

轮到张喷和卢果交费的时候有点麻烦，因为他们两人身上一分钱都没有。"张叔还是我来帮你交吧。"见张喷半天掏不出钱来，田鼠递给他一百元。而后，田鼠又补充说，"记住，这一百元是你借我的。"

卢果也掏不出钱来。他憋红着脸对乡里来的人说："我没钱。"

女书记对他说："没钱就不交啦？"

猫狐有意让卢果快些离开酒桌，就给女书记揭底说："他家有的是钱，全由他老婆掌管，让他回去跟老婆讨来交呀。"

猫狐的话音还没落，卢果的老婆张抠妹就出现在老范餐馆里了。"好你个卢果！叫你到八角林去喷药灭虫，你倒好，把农药放门口跑来这里灌尿！"张抠妹揪住卢果的衣领，也不管旁边有乡里来的人，大声骂道，"你还没喝死啊你，快点给我滚回去！"

喝罢了酒，张喷走进家门的时候，老婆群花正从里面出来。

群花问张喷："不赌啦？"

张喷丧着头说："没钱拿什么赌？"

群花说："不是不让你赌。我怎么不见你赢过钱呢？钱扔到水里还有个音、有个泡呢，给你去赌，连个影都没有。"

这个时候，余地屯刚拉上夜的帷幕，做农活的邻居陆续回家了，开门的声音，吆牛进栏的声音，鸡婆唤鸡仔入窝的"咕咕"声，锅碗瓢盆相互磕碰的声音……这些声音陆续从四周传过来，多少有些温馨的感觉。

老婆群花忽然用温和的语气对张喷说："我给你说个正事。"

张喷有些意外，群花这样的语气他已经多年没有听见了。张喷想，好像都有二十多年了。群花当年刚嫁给他的时候，余地屯还很穷，他贩卖山货到乡里，每回被割了"资本主义尾巴"回到家里，群花都用温和的语气说，不要紧，以后再想法子就是了。刚有儿子小强那会儿，看到余地屯实在没有什么前途，他和群花决心让儿子读书读出个样来，免得再回余地受苦。那时候为了给小强交学费，家里的锅十天半月都不见一点油腥。群花个大，做的又是家里重体力活，没有油腥，她原先红润的脸几年工夫像老了十多年，惨白白的，还时常冒冷汗。张喷问她顶不顶得住，她咬咬牙，还是用温和的语气说，儿子当干部以后，我们就享福了。儿子就是在他们的勤俭辛劳中考上大专的，成了余地屯有史以来的第一个大学生。那时穷虽穷，苦虽苦，可老婆群花脾气从不像现在那样粗暴，可是现在……

群花催他："愣着干什么？走呀，办正事去。"

张喷问："什么正事？"

群花说："今晚我们上张广娟家。"

张喷问："干什么去？"

群花说："给儿子小强说亲的事。张广娟家的阿红都十七了，年前我们跟他们说定亲，总该按定亲的规矩办呀。"

阿红是屯长张长春和张广娟的女儿，在余地屯算是长得比较标致的一个女孩。

"她真会嫁给我们儿子张小强吗？"张喷疑惑地问。

余地屯有女不外嫁已经成为习惯，长得标致一点的都嫁屯中最有钱的人，张喷当然不是最有钱的人。

群花说："小强比谁差啦？长得帅不说，还有文化。"

张喷说："有文化遭人笑咧。"

群花说："我去张广娟家，见过几次，阿红还真是爱文化人呢。"

"呸，我还见她和卢大彪家的阿建拉手呢！"张喷愤愤道。

群花说："全是胡说八道。今天我见张广娟，她还提起这事。她说小强人长得蛮好，就差在外工作。"

张喷说："那就去吧，不知她家的规矩会不会和别家不同？"

老婆群花说："哪有不同的？我都把米装好，把鸡捉进笼了……晚上也不用煮饭了，我们在她家吃。"

张喷说："也不知道小强这个癫仔同意不同意？"

群花说："他现在不在，定好再跟他说不迟……张长春和张广娟那么有钱，阿红也长得漂亮，他会同意的。"

于是，老婆群花拿着米，张喷提着鸡，去屯长张长春家。

屯长张长春家在余地屯的中央。

张喷很少到张长春家。张长春家豪华大气的三开间四层楼让张喷有些不舒服。看看人家楼房和内里的装修、设备，比比自家空无一物的两间两层，张喷就觉得矮他几分。余地屯一百来户人家也就张长春家起四层了。张长春属于勤劳致富的领头人，不赌，不喝酒，在屯里有些威望。有了一些威望的他就做屯长，做了屯长就有了一些耍威风脾性。比如，几年前屯里有一个叫张大马的老实人，想在原来三层楼房的基础上加上一层，张长春知道后放风说以前屯里分山头的时候多分了张大马二十亩，现在准备要拿出来归公。这样张大马就不往上加了，后来屯里有想起楼房的，最高也只起到三层。

不过，毕竟不是靠他张长春吃饭，有一些威望并不等于谁、什么事情都听他的。说他有威望只是相对屯中其他人而言。可举的例子很多，比如，屯中赌徒、酒鬼就不怎么听他，赌徒说，敢收我山头？别看你楼房起得高，几包炸药就把你搞平。酒鬼喝了酒，天不怕地不怕，敢拿菜刀在他家门前舞弄。又比如，张长春根据乡里的意思，想筹集经费建学校教学楼和修路，屯里大部分人不干了，说，有钱发烧呀，学校和公路是公众的，政府收我们那么多的八角税，应该他们出钱。又说，学校修好了，乡领导有政绩了，升官升得快了，好搞腐败呀。还说，路修好了，他们好开小车来收税呀、抓赌罚款呀？群众不出钱，他张长春屯长总不会傻到自己掏腰包吧？所以，张长春的威望在屯里还是视不同情况、不同场合而定。

张喷这餐饭吃得别别扭扭。张长春一家人没一个喝酒的，张喷虽不是酒鬼，但吃一个正餐没有酒，他是味同嚼蜡。另外他们一家人吃饭个个都跟急着去赶集似的，先是阿红，扒拉几口，也不说有个什么事，放下碗筷就走，没把张喷夫妇当客人。张喷想，还没过门呢，家公、家婆在眼前都不招呼一声，以后不定是什么态度啊。

张广娟是女儿阿红走后提到婚事的，她说，孩子的婚事，主要由你们男人定，但有一点丑话我先说在前头，我们家在屯里也算是有脸面人家，现在订婚，三年后办喜事，每年的定金肯定不少下两万元，到时才能体体面面地结婚。说了这话，她叫上群花："走，我们去看码。"余地屯的妇女们近来兴下六合彩，也就是赌一块几块钱的一个码。"这也叫赌呀，不嫌寒碜。"张喷和屯中的赌鬼曾对她们不屑嘲笑。余地屯男人是不赌六合彩的。

女人都走了之后，两个男人更是形同陌路。张喷和张长春平时往来不多，说话又尿不到一块——往常，张长春说，余地屯的赌风和酒风应该煞一煞，乌七八糟没个样。张喷同其他赌徒酒鬼都会在背后反对说，不拿你家的钱赌，不拿你家的酒喝，你张长春吃饱了撑的？张长春说，余地屯八角资源丰富，应该有人搞茴油加工，用八角叶熬茴油。张喷就说，谁都知道砍了八角叶会影响八角的收成，你张长春怎么不砍自家八角叶来熬茴油？

果然，这次张喷和张长春说不到几句就不欢而散了。

张长春坐在转椅上说："阿红是我最小的女儿，反正我们都同屯，就叫小强上我家来算了。"

张喷想，这不成了倒插门了吗？这样一想，就有些气愤了。

"不行！"张喷说。

张长春说："怎么不行？我家有的是房，哪像你家，狭逼。"

张喷一听，火就上来，"狭逼"有两种的意思，一是指窄小，一是骂娘。

张喷愤愤地说："狭逼也比生不出儿子强。"

张长春连生几个都没生出儿子，女儿阿红还是超生的结果。张喷一下就戳到张长春的痛处。别人怕你我还不怕你呢，张喷想。

张长春说："张喷你有什么资格看不起我？你家小强在乡里当个和畜生打交道的干部光荣得不得了啦？他要不回余地屯来你们休想和我攀什么亲家！"

张喷噎得说不出话来。张长春继续打击他："还有你张喷，整日整夜只晓得赌，输得短裤都穿窿了，那点八角钱还被老婆收得紧紧的，哪还有点男人的样？全屯都笑话你哪！要和你这种人攀上亲家，我将来的脸面不丢尽才怪咧。"

张喷忍无可忍，就当着张长春的面摔了一个碗。

张长春毫不在意，在张喷愤然站起要离开的时候，用不屑的语气说："记得把那只鸡拿走哇，免得厕屎臭了我一家！"

离开那座四处都亮着辉煌路灯的三开间四层楼，张喷狠狠地呸了一口，骂道："他姥姥的，老子就是断子绝孙也不要你张长春的女儿做儿媳！"

五

张喷还是被老婆群花"杀"了，猪羊鸡，三合一。

星期天儿子小强回来，要群花给他三千元回乡里交住房抵押金。藏在棉被里的三千元应该是老婆群花的备用金，她还有一本存折，里面肯定还有几万元，可她不知怎么想的就动用备用金。几年来八角的收入张喷和老婆群花一分为二，这已是不成文的协议。群花那部分除了用在投资肥料、农药、工钱，以及日常家庭开支外，余下的她都存在折子里，折子藏在哪里，张喷并不知道——即便找到，他也不知道里面的密码。

张喷那部分，用他自己的话来说，是拿来耍的。群花对此无话可说，因为那些种着八角的山头，在她没嫁过来之前，都是归属张喷的，她能争取到一分为二，在余地屯已经非常了不起了，算是一个成功的老婆了。要是她没有那副强壮的身体，或者说要是张喷不惧她那身蛮力，他是一分钱也不会让她掌管的。话又说回来，要没有老婆群花掌管的二分之一，他可能真是比现在的张狗子都不如了。

群花真是给气疯了。以前张喷能够偷拿她钱的，从来没超过一千，而这次，竟然拿了三千！加上上次他自个赶羊到乡圩里去卖的羊款，合起来都有四千多元了。愤怒的群花不由分说，抓过张喷的头发就是一顿大耳光，边打还边骂："你能耐了啊你，偷钱偷到被窝里头还不算，连针线活都学会了！缝得还蛮好的，干活的时候没见你这么仔细过！"张喷被打得嘴角流了血，看见了许多星星。

没有钱赌了，张喷只好闷在家里，但那天中午，老表卢果忽然来找他。

"老表啊，今天我请你喝酒。"老表卢果说，"没事干贼闷的，我们今日喝个够吧。"在老范的餐馆里，他们从中午喝到下午。这天在老范餐馆的人特别多，好像整个余地屯的闲人都待在那儿了。还有张广娟和几个中年妇女也在，她们在老范餐馆前引导疯子张狗子说话。

近来余地屯的妇女们流传说，六合彩的出码与张狗子胡说八道说出的数字非常相符，他说一个对一个，精准惊人。张广娟对张狗子说："狗子，你说，你说，明晚会出什么码？说对了我们请你喝酒，像张喷和卢果一样喝。"

张狗子耍性子不说，她们就到老范餐馆里拿一碟剩菜和半碗米酒，出去后继续勾引他："你现在说，说了就有酒喝。"

张狗子说："给我吃肉，我就唱歌。"

妇女们只好给张狗子吃剩菜。张狗子边吃边呷米酒，有滋有味地唱："榄角核，两头尖，大哥留妹过新年，留来留去留不住，一乘莲花红轿到门前。"

"到底出哪个码？"她们按捺不住了。

张狗子不管她们，依然自顾自唱道："大哥金打戒，二哥银打链，胭脂三哥买，粉球四哥带。五哥剪，六哥缝，七哥买只潮州柜，八哥买只杭州箱，九哥拿银去打马，十哥送张象牙床，床前挂满珍珠链。十个大哥十个嫂，十位兵马送姑娘，送到桥头烧鞭炮。"

妇女们急了："再不说个数我们就叫张喷出来打你！"

张喷和卢果根本不知道妇女们在外面闹的这些数字游戏，他们已经喝得天昏地暗。卢果到卫生间去吐了两次，吐完了又继续喝。

张喷说："老表啊，我心里苦啊。"

卢果也说："老表啊，我心里苦啊。"

张喷说："你姥姥个老表不够意思，有钱也不借我一点点。"

卢果说："狗屁你张喷，我有钱不借给你是小狗！"

张喷拍着桌子道："你就是小狗！"

卢果也拍着桌子道："你才是小狗！"

张喷想，啊，连你一个酒鬼卢果都骂我呀。这样一想，张喷就头痛，头一痛他就看见周围的人似乎都在用嘲笑的目光看着他。张喷说："我打你！"

张喷似乎很是用力地把拳头打到卢果的脸，但旁边的人看到他出手却是轻飘飘。紧接着张喷整个身体扑在了酒桌上，碗筷"哗啦"一声全摔了下去。

卢果也说："我打你！"他朝醉在地上的张喷踢了一脚。张喷脑袋里像煮了一锅开水，他从地上爬起来，顾不上把脸上粘着的残羹汤烂菜叶擦掉，跟跄着就朝卢果扑过去。这样，两个喝醉了酒的老表就扭成一团，噼噼啪啪哎哎呀呀打起来了。

"打起来了，打起来了！"老范餐馆里的人纷纷围了过来。外面的妇女和张狗子也跑进来看热闹了。

看着看着，男人们就起了兴致，有的在喊："张喷，起脚！踹啊！对对，抓他的腿！"

有的在喊："卢果，打他、打他！打他胯裆！"

有的抄起一根筷子，在地上敲打着，口中还喊着："做，做做！"

再然后，就有人开出了价："张喷赢，我下五十！"

"卢果赢，我下六十！"

…………

打了半天，张喷鼻子流了血。几个妇女见不得血，惊叫："流血了，流血了！快去叫群花和抠妹！"两个女人不大工夫就赶来了，她们把各自的男人掰扯开来。旁的人说，哎呀，怎么不让他们打呀。说，醉酒的人打架好看。说，老表打老表，亲上加亲。说，还没分胜负呀……

张狗子在一旁边吃边喝，手舞足蹈，好像这边的热闹和他没有关系似的唱道："公鸡叫，大家快来看热闹——

"要宰鸡，公鸡说，鸡邋遢，不如宰只鸭；

"鸭子说，鸭毛杂，毛难拔，不如宰只鹅；

"笨鹅说，鹅颈长，咬人肠，不如宰匹马……"

张喷被扇得几乎要昏过去，他嗷的一声，在肚子里发酵已久的酒精被打得吐了出来。张喷感觉到眼前一片混沌，心想，群花，你在家里"杀猪""杀羊"我都忍了，在那么多人面前打我，多丢面子啊。张喷委屈万分，眼泪差不多要流下来了。我不做人了，张喷想，活着还有什么意思？老婆打，别人骂，连张狗子都唱歌骂我了，啊啊，死也就算了。想罢，张喷从老婆群花手里挣脱出来，朝老范餐馆那贴着洁白瓷砖的墙壁撞了过去。

"哎哟，要出人命了！""快快，救人要紧！"黄昏的余地屯被乱糟糟的人声搅得失去了静态。只有张狗子不管不顾，依然唱他的歌："笨马说，马吃草，马送官回朝，不如宰头牛；黄牛说，牛耕田，养人口，不如宰只狗；笨狗说，东方有贼我先咬，西方有贼我又叫，不如宰只大花猫……"

只是，他的歌声在唱到最后的时候，有点像叫魂了。

六

农历七月，八角成熟季节如期而至。

余地屯的空气全是八角的香味。漫山满坡的八角林开始有人活动了。阳岗上，乡里为了方便收税，搭起了帐篷，让那些外来的生意人进驻。外地老板陆陆续续来到阳岗，与余地屯的村民们讨价还价，收购生八角，然后就地晒干、外运。那些外来的帮工、民工，也三五成群地在阳岗、在村头巷尾悠晃，寻找合适的主人，准备在余地屯干上二三十天，赚点辛苦钱。

往年在余地屯清水溪旁，张狗子常常独自溜达。有时张狗子会像一个顽童，"咚"一声裸身跳进清水溪。沐浴在水中，他感到极其爽快。但是今年，张狗子再也没有能够像往年一样自由地在清水溪旁独行了，他的身边，总是围着余地屯对六合彩痴迷到近乎疯狂的妇女们，而外地的一些民工，甚至是老板，也加入对他崇拜的行列之中。他们像追星族一样包围着他，还有人拿着个小本子，毫无遗漏地记下张狗子说出的每句话，甚至每个含混不清的声音，希冀从中破译天机。他们说他的数字歌充满着无限的玄机。

据说，前段时间有几个妇女根据张狗子唱的儿歌《月光光》——月光光，照地堂，年卅晚，买槟榔，槟榔香，嫁二娘，二娘头发未曾长，再过几年梳大髻，嘀嘀嗒嗒做新娘——要了一个三十加二的码下了一千元，结果她们每人得了四万块钱。在余地屯，现在的张狗子到哪里，哪里就热闹非凡。

阳岗的热闹还不仅于此。阳岗上的赌摊天刚一黑就开始亮灯开赌。白日，乡里收税的，民工搬运生八角的，是一种热闹。而晚上赌摊的另一种热闹，对于赌徒来说才是真正的热闹。老板们赌大，民工们赌小，摇色盅的声音"咣当"作响，赌扑克牌的大小声连绵不断，推麻将牌的声音不绝于耳。除此，阳岗上今年还有老鸨和小姐活动，她们白天睡觉，晚上则穿插在赌徒和人群当中，媚声娇气地勾引老板、民工和余地屯的男人们。

热闹是别人的，对于张喷来说，只有孤独属于他。他的额头上多了一块疤，那是他酒醉后撞墙的结果。而另外多出来的，是这块疤使余地屯的人们添了一个笑料。张喷和卢果酒醒后言归于好，他们又常在一起喝酒，只是被双方的老婆严格控制了酒量。

群花和儿子小强今年真是死心坚决地不让他张喷掌一分钱了。儿子小强态度强硬，说今年的八角钱他是要定的了，他要在乡里买地建楼，以后远离余地屯。张长春退婚在余地屯让他这个屯中算得上唯一文化人的脸面全部丧尽。在他看来，只有他张小强退阿红的婚，而不可能让一个没什么文化的未来岳父张长春对他挑挑剔剔，还称他是一个和畜生打交道的干部。现在流传在屯里的话已经变成了"畜生干部"，好像他张小强真是变成畜生了。

没有了钱，张喷在屯里真是不能抬起头了。"去去，一边呆，没钱来凑什么热闹?!"赌徒们说。"张叔，那天趁酒醉你该撞死了算，男人不是这样活的。"连历来对张喷较为尊重的田鼠也鄙夷起来了，"你连那些在阳岗上卖×的都不如!"

想当年，他张喷和老表卢果跟张狗子种八角的时候，屯里好多人还傻不拉叽问他，跟张狗子真的能贷款来种八角？贷款种八角真能发财吗？当时他硬气地说，你们种不种拉倒，我和卢果种。三年后，他们种的八角收获了，不仅还清了所有贷款，还赚了一万多元。张狗子、张喷、卢果的成功，促使余地屯所有的人在那一年轰轰烈烈大种特种八角。当年谁敢对风风光光的万元户看不上眼？谁敢对他张喷说连个卖×的都不如？……近些年，余地人是有钱了，可竟然连他这个开创余地屯有钱人先河的主都不认了！还有，在余地屯，谁先开的赌？是他张喷啊，算起来，是赌的祖先了，可现在这些赌的小字辈竟然都看不起他老前辈！真可是世风日下了啊。

　　张喷心里郁闷，别人忙着赌，忙着收八角，连张狗子都忙着被屯里的妇女围着找他要码了，只有他闲着生闷气。他看见狗从旁边走，就会踢一脚，骂道："去死吧，张长春！"郁闷之下，他来到老范餐馆。老范很忙，顾不上和他打招呼，他就骂道："老范，我砸你餐馆！"老范丢下手中的活迎出来，笑道："你来结账吧？"老范在余地屯对谁都笑脸相迎。张喷赌气道："找我老婆群花要去。炒两个菜，我自己喝酒！"

　　卢果的鼻子像狗一样灵，张喷喝酒竟让他给嗅到了。中午，卢果在家晾八角，突然打了个喷嚏。"喷嚏一响，有酒进肠，"这是卢果特有的预感。他自语道："这个老表，喝独酒也不叫我。"老婆张抠妹带领一家人都上山监督工仔摘收八角了，只留卢果一个人看守。张抠妹真正是抠，整个余地屯也就她把八角晾了才卖，晾干了卖每斤八角干可从中抠出一块多钱。余地屯大多数人家都卖生八角，让外地商自个加工。

　　卢果受老婆张抠妹管制已经很多年了，他爱喝两口，一喝了酒就管不住自己，常醉，醉了就把囊中的钱分发给别人，大人、小孩，见谁发给谁。在余地屯，除了张狗子，能让人戏弄的就是卢果和张喷这一对活宝了。卢果酒醉之后连张狗子都不如。有一回他把家里的几床棉被搬到村头的清水溪旁，说要把清水溪堵死，水淹余地屯。待人们把他从溪里水淋淋地弄出来的时候，几床棉被已在水底和泥沙混在一起了。

　　卢果没有酒喝就闷得发慌，就像张喷不赌就闷得慌一样。喷嚏一响，卢果便把晾八角用的耙子一扔，朝老范餐馆走去。中午的阳光真的很好，卢果在通往老范餐馆的路上，看见两只狗互相追逐玩耍，其中有一只是张喷的黑狗。他想，连狗都找对象谈恋爱了，这阳光真是太好了。有这样的阳光今天一整天肯定不会下雨。没有雨他就可以不管晒着的那些八角了，就可以安心地喝到天黑了。

　　从那次酒醉胡闹让张喷头上留下一块疤之后，每逢喝酒，卢果和张喷都觉得彼此是最亲切的一个人。张喷闲得慌，见卢果来陪喝，正是巴不得的事情。

　　"正好，我老婆上山去了。"卢果说。

"喝酒就喝酒，不用找理由！"张喷说，"张抠妹不在，你还不趁机会卖了那些生八角？"

卢果说："她都和那些外地商串通好了，谁收我卖出去的八角她回来就和谁急。他们谁敢收我的八角啊？"

"算了，我们喝酒。"张喷说，"喝醉了拉倒。"

"对。"卢果说。

酒入愁肠，这愁就更甚了，几杯下肚后，张喷就觉得一股子苦闷涌上心头："让老婆管钱的滋味真是太难受了。"张喷又开始诉苦了，"太难受了太难受了，这么多年你不掌钱，是怎么熬过来的？"

"我以前也掌钱啊，"卢果说，"不过掌钱我真觉着没有用处。"

张喷说："你真熊，熊就是笨死的你知道不？有钱你可以去赌呀！"

卢果说："我不赌，是赌都败家。前人都这么说。"

张喷说："也有赢的呀，你看田鼠，不是赢了一幢楼？"

"可我楼也有了，还要那么多钱有什么用处？"卢果喝半碗多酒下去，就有些迷茫了，说，"张狗子有过钱，跑到外头做生意，不到两年就疯回来，怎么回事？"

张喷说："你不赌不知道，钱是腰杆子啊……有钱硬气，无钱软包。"

"可你看我们余地屯除了张长春，谁能硬得起来？"卢果说，"其他人也都有钱啊。"

"他硬个屁！"一提到张长春，张喷就来气，"他儿子都生不出来，还硬气个啥！想叫我儿子倒插上门，做他姥姥个奶头梦去吧！活该他断子绝孙！"

不知不觉，两人两瓶桂林三花就见底了。张喷也有些迷糊了，他把上衣脱掉，啪啪地拍着并不多肉的胸膛，说："想当初我们和张狗子上山种八角的时候，张长春他们干什么去了？现在钱比我们多就以为很风光啦？呸！"

卢果附和着说："是啊是啊，当初我们成万元户的时候，他们还住茅屋呢！"

"说我怕老婆？呸！"张喷激动起来声音就高了，"死都不怕，我怕老婆？老子风光的时候投一注也有上万的，赢几万还是小数！"

卢果说："对对，我们死都不怕，谁说我们怕老婆？"

"可是，唉——"张喷表情一下子又变回低落，"现在我们活着有什么意思？钱被老婆掌着，喝点酒还被她们控着……"

卢果说："喝酒都让老婆管着，活着真是没劲，死了算球啦！"

张喷突然问："如果真去死，你敢不敢？"

卢果说："敢，怎么不敢？！有句话叫死了什么来着？"

张喷说："死了卵朝天！这叫硬气！"

"对对，那、那我们一起死，让他们看，看看！"卢果卷着舌头说。

张喷说："就是！上次我死不了，让他们笑话了，这次我就死给他们看！"

"走，走哇！不死是小狗。"卢果说。

于是两个人搀扶着，踉跄着向卢果的家走去。

一路上，两个醉酒的老表讨论着选个什么死法。

卢果说："我家有农药，我、我喝'乐果'。"

张喷说："我怕农药有假，喝不死，我上吊算了。"

卢果说："我的农药可、可是真的，上次喂老鼠都死了。"

来到卢果家，他从门角处拿"乐果"给张喷嗅，问："你闻，闻闻，是真的吧？"

张喷只嗅到四周浓烈的八角香味。

"假，假的。"张喷说，"肯定是假的，乐果哪有这么香？"

"那我……喝，喝给你看看，如果喝死，就是真……真的。"卢果说完，咕噜噜把那瓶乐果灌下了肚。

张喷看着卢果像喝饮料一样把标有骷髅头标志的乐果喝完，头隐隐发痛。他说："我、我不在你家死，我回我家上吊。"说完他头重脚轻地离开了卢果的家。

七

在同一天死两个人，而且是两个无灾无病的中年人，这在余地屯的历史是从来没有过的事情。

虽然是在农历七月份，可是那天很多人都感觉到有某种气氛在余地屯的上空盘旋。直至下午时分，有一声轰鸣的惊雷袭来，天空中的阴云化作一阵急促的雨点，浇到余地屯。即使到了这个时候，人们也还是没能透出一口清新的气。

死的两个人是卢果和张狗子。

张喷没有死，他被他的黑狗给救了。张喷挂绳上吊不同寻常的举动，让黑狗察出了主人的意图。黑狗扯不下挂在吊扇上的张喷，急得汪汪地叫。但四周没有人，黑狗的叫声没能叫出人来帮助它救下主人。黑狗急了，但没有跳墙，而是急中生智——它冲出家门，跑到老范餐馆，咬住老范裤脚往家里拽。

面对表现异常的黑狗，老范叫上几个人，赶到张喷家里。张喷家离老范餐馆也就几十米，他们赶到的时候，张喷面皮已经呈出暗红色，解下来几乎没气了。老范在没来余地屯做餐馆前是个无证的游医，他给张喷压胸、人工呼吸。气若游丝的张喷醒过来的时候，似乎仍被酒精浸泡，他说："谁……谁说我怕死？

老范狠狠地扇了他一巴掌。这是老范到余地屯以来第一次打人。张喷脸上被扇得热辣辣的痛，他睁开眼看着围在他家厅堂的一圈人，才知道自己并没有走到阎王爷那里。他对老范说："老表、老表卢果喝了乐果。"待老范等人再跑到卢果家的时候，卢果已经没气了。

就在卢果咽气的时候，余地屯的村头突然传来一声尖厉刺耳的爆炸声。张狗子不知从哪儿搞来的炸药，绑在身上。张狗子站在学校球场上，振臂高呼："我要炸个天崩地裂，把余地屯夷为平地！"

围观的闲人们起初以为绑在他身上的东西是假的，甚至几个无聊到底的还准备下注打赌，直到看见张狗子点燃的引信"嘶嘶"冒起了青烟，人们才惊慌四散。张狗子在轰然的爆炸声中血肉横飞，怆然倒地。

与此同时，学校教室的麻将桌上，田鼠把一只红中狠狠地一摔，叫道："单钓，点炮！"配合他的，正是张狗子身上炸药的一声巨响。夕阳映照下的余地屯，在晴空下微微地晃了一晃。

硬头黄竹

第一章

1. 一声叹息

我是一个早逝的孩子。我母亲是个长相平庸的人。她无才无貌，看似无缚鸡之力，但内心强悍。

我母亲生于 1955 年，预计逝于 2055 年，长命百岁。这年月，长命百岁的人都是好人，但我母亲可能不算好人。我母亲做过红娘、开过酒家、把好多小孩带给有需要的人家。她并不认为自己是个十恶不赦的人。在村里，我母亲资助过近十人读大学，其中有两个还读了研究生。前些日子，我母亲收到了不下十条祝福短信：

祝您生日快乐！

后面是一束束鲜花的表情包。

现在，我母亲在村里住。村名叫那征村。那征村是个文明村，村道干净整洁，环境优美，家家户户屋前都有一个花圃，花圃里大多种三角梅。大多数时间里，全村盛开的三角梅红彤彤的，十分耀眼。

那征村村口有一棵大榕树，应是有几百年的历史，虬枝盘曲。有传说，清朝乾隆年间此榕树遭遇过一次雷劈，但它依然活得枝繁叶茂，一些毛根已然长成树根的样子，宛若一片榕树林子。

与榕树隔河相望的是一棵木棉树。那也是一棵年份久远的大树，看起来倔傲、硬朗。木棉虽然苍老，但每年春来，都会有硕大火红的花朵缀满枝头。

每天清晨，我母亲会沿着村道，走过小学球场、村委会主任黄道人的晒场、民办老师吴智智的鱼塘，来到村口的"独木成林"。这里清静——村里大多数年轻人外出务工后，除非是春节、三月三这两个重要节日，否则没有人会聚集于此。我母亲潜心在这里做祷告，让千年老榕树和老木棉见证：我不是恶人。

我母亲闭目坐在榕树下，这时候太阳刚刚升起。没有人走过这里，晨露聚集在树叶上，偶尔会有一两滴落下，滴在我母亲的脸上。

雨天，我母亲会撑一把雨伞来到榕树下。

这年秋天，我母亲带了一个人来到榕树下。他一站在那里，眼里就淌下泪水。我母亲递给他一张手纸。"你哭吧，要不你骂我打我一顿都行，这八年你在里面受苦了。"我母亲说。他沉默不语。

他和我母亲是同类人。他卖过猪肉，贩过野生动物，为我母亲的生意牵线搭桥……

很久，刘志明才说："我是罪有应得。进去了几年，负罪感减轻了很多。"

我母亲说："你有勇气自首，我一个女人是做不到的，现在只能天天到这里祷告。从你进去以后，我就金盆洗手了。"

一声叹息。

2. 一个人的名字

他们叫我母亲"凡姨"是哪一年？我不大记得了。我母亲喜欢孩子。他如果还活着，也应该长大成人并生养有孩子了——我母亲常常这样想。

2001年或2002年或2003年春，那个老赖皮问过我母亲的名字，她随口就给他一个名字，说叫凡一梅。我母亲对他说："叫我凡姨就好。"

从此，老赖皮便把我母亲叫凡姨。我觉得"凡"和"姨"两个字合起来真是一个动听的名字：黏黏的，暖暖的，还甜甜的，感觉像吃一块放了糖的糍粑。

那天老赖皮叫了三声"凡姨"。第三声我听出一种暧昧的、让人脸红的意味。这个老家伙，他还真看上我母亲了。我想我母亲也意识到了这一点，我听到她说："我们得保持一定的距离。"

但我知道我母亲在心里不是这样想的。或许，她在他这里能享受到一点

"性"福。有时候，无牵无挂并不是一件好事情，正如炒菜总得放点调料，如味精、蚝油、料酒、糖之类的。生活也应如此吧。

活着是一件美好的事情。

名字是用来纪念一个人的，"凡姨"与梵赇同音，梵赇是我的名字！

梵赇把我母亲的幸福带走了，也把我母亲的念想带走了。当然，那是多年前的事，我母亲已经不想这些事情了。她现在只想：活在当下很重要。而那些孩子，还是非常可爱的，给他们找到好人家，也是一种善举。

3. 看到弃婴

我母亲的小时候正处于吃饭都很困难的年代。那个时代，饿的记忆独特而痛苦。

某个星期六，我母亲走在荒野上，来到某个山脚，看见几株野芋。微风吹过，野芋阔大的叶子娑娑作响，它们像挤在大石头边的一群小伙伴，嘀咕着商量某件事情似的。

野芋长在山脚的小溪旁，周围有些杂草和灌木。山上没长多少树木，虽然到了春天，绿意却少得可怜。几只雀鸟停在大石头上，叽叽喳喳，在我母亲走近时，迅速地飞到另一块石头上。它们大概也是饿了，傍晚时分还在野外觅食。

野芋边上，长着几丛高大的硬头黄竹。那里常常丢弃生产婴儿的污秽之物，甚至丢弃早产的死婴。走近这里，我母亲心跳加快，感觉到有一股莫名的寒气扑面而来。

这个角落被大人们遗忘了，大人们认为是污物喂大了那几株野芋。年纪尚小的母亲没有想到别的，只想到野芋一定能填充空瘪的肚子。

你就是个讨厌的吃货。在饥肠辘辘的时候，我母亲的脑际总是回响着养父那刻薄的声音。

我现在终于有机会找到食物了，明晚不用眼巴巴等着养父给舀一碗苞谷和米糠搅在一起的"粑"饭了。我母亲想。

天色渐黑。我母亲怀着恐惧而激动的心情走近野芋。恐惧是因为旁边的硬头黄竹，那些污物烂布散发出一种特殊的味道，而激动是她看到了野芋长势迅猛，茎根茁壮，下面应该有许多大个的芋头。

我母亲决定先回家，明天带着小锄子、镰刀、竹篮来挖野芋。她记住了位置。她想它们必将成为一个9岁女孩的第一次收获。

到家里，我母亲准备了工具。锄头有点大，她勉强能用得上。没有篮子，她找到一个装过尿素的旧袋子。她想，如果收获足够多，能装满袋子，她一定能够把它扛回家。那个年代，只要是食物，就能让人产生无穷的力量。

晚上，我母亲做了一个梦，梦见野芋头满山遍野，像发了一场野芋洪水，把整个山村都淹没了。

第二天，等到养父母出工后，我母亲才磨磨蹭蹭起床。厨房里，一锅稀薄得能够映出影子的玉米粥还在灶上冒热气（那时候，全家早中餐都是喝稀粥，只有晚上才有干饭）。我母亲舀了一大碗稀粥，趁热喝下去，然后到猪圈拿了昨晚备好的工具，打算悄悄出村。

一路上，行人稀少。生产队出工的方向在东边，而我母亲要去挖野芋的方向在西边。我母亲边走边听到肚子里的稀粥被晃得"咚咚"作响，它饱得快饿得也快。她想，得赶紧到达目的地，中午之前挖到野芋。

可是当我母亲走近大石头的时候，发现有些异样。硬头黄竹根下多了一团包裹，周围散落着烂布条，布条和包裹有暗红的血迹，带着刺鼻的新鲜的腥味。黄竹根异样，几蔸野芋也异样。等她走到野芋面前时，才发现一地的残叶败茎，野芋显然已经被人挖走。

我母亲在野芋前站了很久，目光呆滞。后来，她把目光移向硬头黄竹根，那个烂布包裹似乎有响动。她听到微弱的骇人的婴儿哭声。

她扔掉手中的工具，拔腿就跑。

后来她跟人说，她看到了血腥的弃婴。

我母亲从那以后再也不敢独自一人靠近硬头黄竹。她看到的弃婴是谁家的？她不知道，也没人知道。

第二章

4. 身带污物

我母亲二十三岁那年，冬天并不寒冷。那天她挺着大肚子来到村头的榕树下，坐在补锅匠王跛子旁边。榕树下是全村最热闹的地方，有一个猪肉摊，有一个理发点。入村路口左边，补锅匠王跛子的临时补锅点就设在那里。她看到王跛子正吃力地拉着风箱，炉里的火吐着红红的舌头。王跛子是骑着一辆破旧的飞鸽牌自行车进村的，车头歪斜地挂着一张价格牌子：

专业补锅

补：鼎锅　锑锅　饭锅　湘锅

统统 5 角

那么多年，有许多的补锅匠都在这里补过锅，价格不一，补锅质量也不见得每一个都让人满意。现在，一个跛子又在这里补锅，不管补的啥东西，都要五角钱。而我母亲要等的，是另一个补锅匠，那个人看似老实，实则有点狡黠。那个人十个月之前在王跛子的位置补锅，补了一周，把我母亲家的锅、盆、壶都给补完，同时也把我母亲给补了。

那个人就是我的父亲。我母亲问王跛子："你看见刘抗美吗？"那个人跟她睡觉的时候说他叫刘抗美。

王跛子摇摇头。他不知道一个叫刘抗美的补锅匠，在那征村生活的很多人也不知道。之前，我母亲问过外来的竹席匠、木匠，也问过收废旧的，他们都不知道刘抗美。

她费着劲把刘抗美的容貌叙述了一遍又一遍。但没有人听明白，最后连她自己也搞糊涂了。肤色有点黑，眼睛有点眯，嘴巴有点翘，梳着个大包头，一米七五左右的个头……我母亲的声音越来越低，最后人们只看到她的嘴在动。

我母亲足足等了十个月。那个人说等他回家和父母征求意见后就来给她提亲的。

冬日的太阳把温暖的热量聚集在中午，到了黄昏，榕树下就冷清了。"降价贱卖啰，一块五一斤后腿肉……"卖猪肉的吆喝几声，慢腾腾收拾行当，准备收摊。王跛子也附和地喊："补锅咯，趁火还旺补锅咯……"他的声音像一串失去水分的白菜，蔫蔫的。接着，王跛子也收拾他的木锤子、锅纱、风箱和火炉。

我母亲看着他们收拾东西。村口人越来越少，夕阳斜照，天气渐冷。她再次走近王跛子。王跛子警惕地看着她。"如果你看到刘抗美，一定要告诉我他在哪里。"她对王跛子说。杀猪佬是镇上贩肉过来的，他对王跛子不怀好意地笑笑："怪不得你生意不好，原来这个大肚婆认得你。"

拿着钓鱼竿出门，遇到大肚婆，肯定钓不到鱼。捕蛇郎碰到大肚婆，必然空手而回。凡是与大肚婆联系在一起的，都不顺。大庭广众之下，大肚婆被视为不吉利的人。所以我们这一带的乡村，怀孕的人一般不轻易出门。和大肚婆搭讪更是意味着衰气到来。王跛子没好气地对我母亲说："我不认识你，也不认识什么刘抗美！"

我母亲失望地往村里走。

"真他妈的秽气！"王跛子把风箱往自行车后座的架子一放，对卖猪肉的说道，"希望下一圩来再也见不到她。"

卖猪肉的说："就是，见到她我的猪肉也不好卖。看样子她身上带着污物！"

5. 交学费

小学的时候，我母亲有个好朋友，老实到别人以为她有些智障。她家里劳动人口多，算是殷实人家。每个学期开学，会有一些家长送孩子到村完小来注册，然后孩子们手上会有些零用钱。孩子们来到学校旁边的代销店，买一分钱一粒的硬糖，吃完硬糖，男生会把糖果纸折成硬牌，玩拍牌游戏，谁把纸牌拍翻过来，糖纸就归谁。女生则会把它折成漂亮的花环。好朋友名字叫吉红，她跟我母亲同班。她家与我母亲家距离较近，近到用50分贝的声音就能喊吉红一同上学。

9月1日，吉红父母本来是要带吉红去学校注册的，但那天他们要赶到邻村参加一场白事，那是吉红的外婆死了。他们把我母亲叫过去，说："你带吉红去学校，帮吉红交学费。"吉红父亲把6块5角钱塞给我母亲。"6块钱是学费，5角是你们的零花钱。"吉红的父亲交代。在他看来，我母亲比吉红要聪明一点，办事牢靠一点。那年吉红和我母亲要上小学四年级。

"叔叔，"我母亲用可怜的眼光怯怯地看着吉红的父亲说，"我爸那……给我学费还差两元钱，您能……能借我吗？"

吉红的父亲有些犹豫，但最终答应了："好吧，看在平时你和吉红一起上学的分上，给你。"

"你也不用还这两元钱了。"他又补充说道。

我母亲的养父对吃的方面比较省，虽然平时少言少语，但对养女上学的学费倒是不吝啬，从来不会少给。我母亲看准吉红一家人的老实，第一次对年纪比她大的人说了谎。

"我们走吧。"我母亲拉着吉红的手，一同前往村完小。

"我们是姐妹。"我母亲对吉红说。我母亲走路是外八脚，吉红是罗圈腿。两个人走在一起极不协调，看着就是一对假姐妹。但吉红父母没有察觉到。

她们穿过村中心来到学校。路上，她们看见几个低年级学生的家长边走边闲聊，说村完小的校长换了，换成一个年轻的女校长。"资历浅，不一定镇得住那征完小哦。"他们议论说。此刻我母亲身上带着14块5角钱"巨款"，她对换校长的事情没有兴趣。她带着吉红急匆匆来到学校。她们并没有直接去找老师交费，而是来到学校旁边的代销店。

"我们买2角钱的水果糖。"我母亲对代销店的老板说。

"好嘞。"老板说。他拿过我母亲递过去的5角钱，然后从装硬糖的大口玻璃瓶里抓出一把糖。平时代销店老板是个中年妇女，今天却是一个男的，从卖东西的动作上看就知道他是临时顶替的。我母亲发现老板有一双粗大的手，那只数糖的右手，关节粗大，皲裂的手掌结满了厚厚的茧子，看样子是种庄稼的一把好手。老板数硬糖时比较粗心，五颗一组五颗一组划拨成四组，我母亲发现有一组多出了一颗。她没等老板再数第二回便一把把糖拢在一起，放进自己的口袋。

"补你3角钱。"老板从抽柜里拿出一张面额2角和一张1角的纸币。"我不要纸币，放在口袋，洗衣服会被洗掉的。"我母亲巴眨着眼看着老板说，"我要两分和一分的硬币。"

"真是个麻烦的孩子。"他说。老板这回数钱倒是很认真，并没有给我母亲多数一枚硬币。我母亲心有不甘，她看到柜台里有几张像是要被老板丢弃的糖果纸。"能给我糖纸吗？"她用手指着糖纸说，"求求你把它们给我吧。"

"拿去拿去！"老板有些不耐烦，"没想到你那么难缠。"

她们离开代销店，来到学校门口。

校门口有一群男孩子在玩拍糖果纸牌，他们有的坐在地上，有的跪着甚至趴着，专注于拍纸牌。输完纸牌的人，便站在一旁看着同伴玩，眼里露出不甘的神色。

骗骗年纪比她小的人，我母亲玩得轻车熟路。"你有两分钱吗？"她对一个还抽着鼻涕的男孩子说，"我给你十张糖果纸牌。"

她变魔术一般从另一个口袋里拿出纸牌。男孩子给她一枚2分硬币。"一二三四五六七八九十，"她数着纸牌说，"够了，给你。"她把它们塞进男孩子的手里。在一旁的吉红都看出她只给小男孩九张纸牌。"我们去代销店买糖。"她对吉红说。吉红刚想说什么，她已经跑了。吉红只好跟她去代销店。

吉红觉得我母亲点子特别多。老板看到两个刚买了糖果的女孩又回来，有些诧异。"你们又弄什么幺蛾？"他问。

"我买四张包书纸。"我母亲拿出两张面额5元纸币中的一张。老板有些奇怪："四张包书纸只用2分钱，不是刚给你找了硬币吗？"

"我们拿去交学费了。"我母亲骗他说。老板有些狐疑，但还是收了她的钱。"老板，您能……能给我毛票吗？"找补的时候她把面额 2 元和 1 元的退回给老板。

"你搞什么名堂？刚才找硬币，现在找毛票？"老板有些窝火。我母亲固执地看着老板："我就要毛票零钱，好用。"

好在刚开学，老板收到好多零散的毛票，正好想兑大额钞票。"好吧，给你换。"老板最终妥协。

"谢谢老板。"她又拿出另一张 5 元票子，说，"求您再帮我兑这五块钱的零钱。"

"好好，都给你兑……你这小妞太能缠了。"

老实的吉红不知道我母亲这样做出于什么目的。我母亲带着吉红出了代销店，找到一个僻静的地方。在那里，她把兑来的毛票认真地叠整齐，然后分成两沓，每沓 5 元 8 角。"这是你爸妈给我们的零用钱，我们用 2 角买了 20 颗糖，2 分钱买了 4 张包书纸，剩下 2 角 8 分我们平分，硬糖和包书纸我们也平分，每人 10 颗糖，2 张包书纸。"我母亲说。她把 10 颗糖、2 张包书纸和 1 角 4 分钱给了吉红。

"嗯，听你的。"吉红说。

"一会我们就去给老师交学费。我帮你交，但你要听我的话，不要作声，点头嗯嗯就好。"我母亲交代吉红说。

"嗯，听你的。"吉红说。

在吉红看来，我母亲具有导演的天赋，虽然不知道下一出戏会出现什么情况，但她肯定能演好。

学校里，交费已经接近尾声。我母亲和吉红来到教室，看到收费的并不是以前的黄老师，而是一位年轻的女老师。"我是你们新班主任，也是校长，我要教你们到小学毕业。"女老师说，"就你们两人还没有交费了。"

我母亲红着脸说："我……我们学费不……不够。"

"我和吉红家，生活困难。从上学期放假，家里就开始凑学费了。"我母亲把两沓毛票递过去，"就差两角……吉红也是。"

吉红也红着脸"嗯"了一声。

老师叹了叹气。老师说："我帮你们补齐吧。"

"谢谢老师。"我母亲说。

开学这一天，我母亲算下来收获了 2 元 5 角 6 分钱外加一颗硬糖，是一笔不菲的收入。

6. 骗术

撒谎是一个骗子必须掌握的技巧。一般人撒谎可以轻易骗一个傻子，但遇到精明的人或者心理学大师就失去作用。我母亲从小骗到大，她可不是一般人。

网络发达的年代，刘志明从网上搜罗关于如何行骗的方法。我母亲说，撒谎是需要技巧的，网上那些都是骗人的。

刘志明曾经向我母亲请教撒谎的方法。我母亲嗤之以鼻，说撒谎有方法吗？能说出方法来的撒谎还叫撒谎吗？于是刘志明又举出一些例子来证明撒谎是有方法的——

"例如，你想骗一个疑心很重的人就得找他的弱点，通过与他接触找到他心理防范疏漏的方面——比如他的嗜好（这是人性的弱点），这往往会影响他的理性判断。你从他的嗜好上下功夫，撒谎就很容易得逞，世界上没有人能做到防范方方面面的事情。

"除嗜好之外，还有感情弱点，这是最容易得手的。比如一个正沉浸在失去女友痛苦中的上司，你用慌张的口气骗他说你女朋友出事了要请假（这会勾起他情感的同情），这时候他绝对无法理性判断，于是你就成功了。再比如一个很孝顺同时很精明的领导，你要骗他就要从孝顺方面入手。

"撒谎最重要的是了解对方。正所谓'知己知彼，百战不殆'。"

"这不就是网上的东西吗？在网上都公开了，还能够骗人吗？"我母亲对他说。她心里有一套不可告人的撒谎感受和经验——

撒谎是需要才能的，而一个真诚的人一般很难具备这份才能。撒谎的技巧种类繁多，但最重要的一点是要心狠，狠得连自己都觉得肝儿颤。比如，你讨厌对方又没法脱身，就可以撒这样的谎："真对不起，我家人刚来过电话，说我外婆一个小时前过世了。"当然除了说狠话以外，最好还能具备冷静的头脑和咄咄逼人的气势，这样可以在对方的心理上造成一定的威慑力，这时你再撒谎，没人敢推翻你的谎言。

当然，编制谎言会让人感觉很累，有时会让你疯掉。有一种方法骗人最容易，那就是夸人，平时多夸人，到最后你骗人的时候，人家就察觉不出来。不过这玩意非一夕之功，这一技巧不过就是利用人的虚伪和虚荣心理而已。

有一段时间，刘志明非常热衷和我母亲讨论善意谎言与恶意谎言的区别，每天不是康德就是苏格拉底，搞得我母亲几乎都能把那一段著名的对话背下来了——

学生：苏格拉底，请问什么是善行？

苏格拉底：盗窃、欺骗、把人当奴隶贩卖，这几种行为是善行还是恶行？

学生：是恶行。

苏格拉底：欺骗敌人是恶行吗？把俘虏来的敌人卖作奴隶是恶行吗？

学生：这是善行。不过，我说的是朋友而不是敌人。

苏格拉底：照你说，盗窃对朋友是恶行。但是，如果朋友要自杀，你盗窃了他准备用来自杀的工具，这是恶行吗？

学生：是善行。

苏格拉底：你说对朋友行骗是恶行，可是，在战争中，军队的统帅为了鼓舞士气，对士兵说，援军就要到了。但实际上并无援军，这种欺骗是恶行吗？

学生：这是善行。

善意的谎言，无论是否被揭穿都是有益的；恶意的谎言，单是有这样的念头就应该感到羞耻！

…………

那一段时间，刘志明似乎不是个生意人了，而是成了哲学家。"你可以在所有时间欺骗一部分人，你也可以在一段时间欺骗所有的人，但你不可能在所有时间欺骗所有的人。"他对我母亲说，"这是美国总统林肯说的。你看看，网上连美国总统的话都搬出来了。"

刘志明还帮我母亲做了几张名片（当然，名片上的名字是假的），名片的背面都印上这样一句话——

先相信你自己，然后别人才会相信你。

——屠格涅夫

刘志明说："谎言与誓言的区别在于：一个是说的人当真了，一个是听的人当真了。谎言未必都是坏的，关键是你要用真心说谎，首先，你的谎言应该能说服自己，然后感同身受地说给别人，于是，谎言就成真了。

"真正的谎言是真和假的混合，能让对方去调查，但那却是一个套子，让他得到的结果便是你所说的'真相'，真的谎言是一个完整的计划。每个成功的谎言背后都是一番心血！"

不知道他从哪里捡来的这些真真假假的哲理。

许多年以后，那征村每天傍晚会有一个面带笑容、声音温和、慈祥和蔼的老妇在村小学门前的凉亭里端坐。路过的村人会热情地向她打招呼，尊称她为潘老师。是的，这个早年的称呼又回到了她身上，尽管她只当过两年的民办老师。

她是我的母亲潘冬梅，此刻正享受着无所事事而又衣食无忧的生活。在那征村，没有人知道她是个骗子，没有人知道她那些带着污点的历史。

她坐在凉亭里，会有一些放学了但不愿回家的孩子走到她身边，听她讲故事。她想说，故事都是骗人的，可又说不出来。

"从前啊，有一位长得很漂亮的女孩，她有一位恶毒的继母与两位心地不好的姐姐。她经常受到继母与两位姐姐的欺负，被逼着去做粗重的活儿，常常弄得满身灰尘，因此被叫为'灰姑娘'。有一天，城里的王子举行舞会……"她再次把《灰姑娘》讲给孩子们听。

第三章

7. 母爱

我们这个地方流传很多谎言，以前就有江湖传说的风、马、燕、雀、瓷、金、评、皮、彩、挂十大骗术，甚至都有人实施过。现代社会技术发达，各种金融诈骗、电信诈骗、网络诈骗、医疗诈骗、保健品诈骗等常有发生。报刊媒体都报道过。这些报道抨击诈骗者手段层出不穷，害人不浅。

刚跨入新世纪不久的 2001 年，我母亲来到广东一个叫凡城的地方。在城郊接合部，她租了一间民房。那一年她 45 岁。闺密吉红傻人傻福，嫁到了凡城。吉红给我母亲来信说，那边比较好赚钱。那个年代，一提到广东，大家就觉得是一个遍地黄金的地方。那里有好多工厂，只要入了厂，就能赚到钱。而广西是贫困地区，好多身强力壮的劳动力都涌向广东深圳、东莞、佛山、汕头、珠海这些城市。

一天，一位中年男人抱着一个男婴找到我母亲。他对我母亲说，听说你是个红娘，专门介绍结婚对象的，人缘很好，希望能帮助处理他与"红玫瑰酒店"那个叫阿花的女友生下的这个男孩。"她是个打工妹，养不起孩子。"他说，"我是个已婚的人，老婆不容许我无缘无故带个孩子回家。"

"多少钱？"我母亲直接说，"你要出个良心价，我这是在帮助你。"

"五千。"男人说，"生个娃不容易，我得给阿花营养补助费。"

"这个有点麻烦。"我母亲说，"我到这里时间不长，不能很快找到领养的人家。"

"那你回个价。"男人说。

"三千。"我母亲说。

"成交。"那个中年男人说。

晚上，她在出租屋里端详着男婴，婴儿真的太可爱了，这让她想起出生三天就去世的儿子。她在男婴的脸上亲了一下，又一下。可男婴却突然"哇"一声哭了起来。婴儿看着眼前这张略显丑陋的脸和呼出蒜蓉味的大嘴，仿佛看到了一只怪兽。

我母亲把放在桌上的奶瓶拿起来，并对着奶嘴吸了一小口。她感觉到奶瓶里的牛奶温度合适、甜度合适，便把奶嘴塞进婴儿的嘴里。婴儿停止了哭声，但还抽泣。后来婴儿尝到牛奶的味道，就用力地吸奶，眼神无比专注，好像在说："这是世界上最好喝的奶。"

她又在婴儿脸上亲了一下。这回他不哭了。

她心里泛滥着无比神圣的母爱。

在靠近乌石岭的一个山村，一个农户家里，一对年轻的夫妇愁眉苦脸。女的埋怨男的说："我后悔送人了，都怪你！"男的则声音沙哑："可我们交得起罚款么？现在只能祈愿我们的孩子落户在一个好人家。"

8. 交易

吉红对我母亲说，梅子，我老公有个朋友想收养孩子，你帮想想办法啊。我母亲小名叫梅子，在凡城，只有吉红知道她叫梅子。

我母亲还从其他渠道知道凡城有一些老板想收养孩子。

我母亲喜欢在凡城的农贸市场闲逛。她是一个善于交流的人，和不同的人相处不超过半小时就能谈得熟络，把别人家的家长里短都给掏出来。

我母亲把中年男子抱给她的男婴留在出租屋里，她似乎想把对儿子梵贻的亏欠通过这个男婴补偿回来。第三天那个开快餐店的老板就找到了她，并给了一万块钱。"两天前我就知道你找到货源了，为什么不及时给我？"老板问我母亲。

"我真舍不得把他给你。"我母亲说，"他太招人喜欢了。"

　　"这可是事先说好的，价格也是之前谈好的，你可不能反悔。"老板说，"我在这里有很多资源的，你想在这里发展得靠我。"

　　"就说说而已，我也养不起娃。"我母亲说，"你带走他吧……不过这事得绝对保密。"

　　"我知道。"老板说，"我也不想惹麻烦。"

　　临出门，老板突然对我母亲说："凡姨，如果你能帮我小舅子找到一个老婆，我给你两万块钱。"

　　"外国妹仔要不要?"我母亲问。

　　"哪国?"老板问。

　　"桂西南邻国。"

9. 媒婆的身份

　　给单身汉介绍对象是我母亲在来到凡城之前的主要工作之一。那征村地处桂西南边境，村中有好多人家与那边的村民有亲戚关系。

　　有一个村比较穷，被外界称为"单身汉之村"，五十岁以上的单身汉有好几十号人。有干部到这个村扶贫，他们说，你们给我们找到老婆就能脱贫。

　　有一年，我母亲通过那边一个叫蓉美的亲戚带过来几个妹子。那时候那边的妹子对嫁给我们这边的男人要求不高，只要有活干，有饭吃，是男人，就行。在"单身汉之村"，我母亲以五千元的价格给几个能付得起钱的光棍带去了老婆，他们对我母亲感恩戴德。那边的亲戚也说我母亲是好人，帮助他们解决了妹子的前途。

　　后来的一段时间，我母亲频频出现在边境线和内地的一些贫困山村。当然，这种婚姻是非法的，那些妹子大多被当地派出所、公安局遣回，可是公安人员刚送出去，她们又从小路回来——她们已经离不开她们的丈夫和亲人（有的已经有了孩子）。以至于现在边境地区一些贫困山村，还有好多无户籍的妇女。

10. 为凡城的人找新娘

为凡城的人找新娘，我母亲又多了一个新的增收门路。这里的人收入比边境地区的贫困村高，出手也就阔绰大方，而且还有办法给新娘上户口。

临近冬天，我母亲带着阿茜在凡城洼绿湖边的一棵木棉树下等人。在我母亲的出租屋内，还有三个和阿茜一起过来的姑娘。

阿茜是我母亲从边境线带过来的，颇费一番工夫。前一个月正值边境公安机关严打各类犯罪活动。我母亲选择在一个特殊的节庆日子成功躲避了严查。

我母亲对阿茜说，要是有人问你是我什么人，你要说你是我那边的亲戚，带几个伙伴到镇上过霜降节。阿茜她们几个是那边的侬族人，用本地土话和我母亲交流顺畅，也因为那边的人经常越境到我们这边赶圩，所以她们略通普通话、粤语。我们镇上的位置有些特别：古时，这里是往返桂滇客商的必经之地，而现在，这里地处边境，是四个县交界的边沿地带，有许多做买卖的客商来自云南、湖南、江浙、南宁等地，霜降节期间，客商人流更多。在顾客中，那边的侬族占了很大一部分。

霜降节是桂西南边陲一带最隆重的节日，热闹程度不亚于春节。每年农历九月下旬霜降节气（阳历为 10 月 23 日）前后三天定为本地的"霜降节"。节庆期持续三天，分为"初降""正降"和"收降"。镇上会有许多活动，有祭祀活动、歌圩等。正降晚上，人们搭起舞台，演上土戏（壮戏）。年轻人三三两两地对起山歌，对歌活动一直持续到第三天的收降。

在历史悠久、规模宏大的霜降节面前，边境公安的检查显得有些力不从心，阿茜她们虽然被盘问一番，但经过我母亲之前的精心培训，她们能够沉着应对，最终成功地来到镇上。然后，我母亲把她们带到内地。

洼绿湖边，一场交易平淡无奇，买卖双方都满意。交易前，我母亲会通过各种办法了解买主的为人。交易的时候，我母亲还要求买方带着未婚的男子与阿茜见面，阿茜同意，才让她跟着他走。

我母亲希望从她手中介绍出去的姑娘都能有一个美满幸福的家庭，希望她们能顺利地在内地生活、工作，繁衍后代。

第四章

11. "金银花饭店"

20世纪90年代，我母亲以"刘婷"的名字在县城开了一家餐馆，食客们都叫我母亲为婷姐。那时候，总有一拨一拨年轻的妹子来到餐馆找工作，表面上做服务员，其实真正的内容与服务员并无关系，人们叫她们为"小姐"。然后一群群食客（包括县乡领导干部、经商老板，最后连村干部、杀猪佬、退休人员都被俘为这些餐馆的常客）就泡在餐馆里。"叫几个进来陪陪……"他们态度暧昧地让老板叫来"小姐"，然后一起喝酒、唱卡拉OK，瞅准机会谈好价钱后就去"小姐"的房间。

那时候的餐馆如果没有"小姐"，基本上就没有客人，就会倒闭。不像现在，"小姐"早已隐入其他行业去了，餐馆就是个吃饭的地方，服务员也就是单纯的服务员。

我母亲开了三年的餐馆。那时她最担心的是警察出现，因此总要找一些"老板"作为靠山，"老板"有的是县里握有实权的官员，有的是公安局或派出所的大小头目。有了"老板"，餐馆才是安全的吃饭喝酒嫖娼的地方。

我母亲开的餐馆叫"金银花饭店"，在县城里名声很响。"金银花饭店"有二十多名常驻"小姐"，多数是我母亲从贫困山村找来的女孩，食客们都称她们是"纯妹子"，很"正点"。也有一些漂亮的外省外县妹子，那是几个"老板"包养的。

每天，"金银花饭店"食客爆满，两层楼八个包厢要提前预订。一些

"老板"甚至就在包厢里办公。好多谈生意、谈工作、谈调动、谈升职都在包厢里完成。

　　我母亲认识一位县里某部门主要领导（人们都叫他周局长），几乎天天到"金银花饭店"。有一个周局长包养的"小姐"叫阿兰，只要他在饭店里，她时刻都在黏着他哆着他。每当要到中餐或晚餐的时间，周局长就给老婆打电话："我今天下乡检查工作，得晚些才回家。"

　　我母亲听说周局长的妻子怀孕了，就吩咐阿兰说："周局长是个大方的老板，你要好好侍候他。"她也专门安排一间单间给阿兰，好让周局长和阿兰在那里休息。

　　周局长在我母亲看来是个重要人物，在"金银花饭店"吃饭喝酒基本上都是别人请他。他是个喜欢热闹的人，有人请他，他便会呼朋唤友一起喝酒。当然，请得动周局长的人大小都是乡镇领导或有大项目的老板，可以开发票买单或签单。叫"小姐"陪吃陪喝是要收小费的，陪一次每位要20元，每餐有5到10位"小姐"陪同，仅小费一项就一两百块钱，我母亲为了方便客人报销，写菜单一般会把小费写成"海鲜汤""王八汤""龙凤汤"等。有一个笑话，说某个小单位领导请周局长，带上单位的财务一起到"金银花饭店"来，财务是个女的，开始大家都没叫"小姐"，待她吃完饭离开后才叫"小姐"陪。单位领导回去报账时女财务质疑："那天我们没有点海鲜汤呀？"领导尴尬说："周局长好这一口，你走后他才点的汤。"

　　"金银花饭店"客人多，盈利丰厚，"小姐"的收入也好，仅小费一项她们每月就有1000多元——要知道，公职人员月工资也就四五百元而已。有些机灵点的"小姐"，一餐还会服务两三个包厢（食客们把"小姐"的这种行为叫"串厢"），此外她们与客人去房间会另外收费，50元、100元不等，算起来收入更可观。而那几个被老板包养的"小姐"，更可以用"不得了"这个词来形容她们的收入。尤其是那位阿兰，老家在附近县的一个山村，跟着周局长几个月，便解决了老家的楼房问题。有一次在包厢门口，我母亲亲耳听到一位姓黄的大老板和周局长的对话——

　　周局长："这个项目到你手上，你黄总不想发财都难啊！"

黄总："对对对，有周局长您的提携，我公司今年的利润就会翻番。我本人当然不会忘记您的大恩大德……除正常点数，周局有什么要求大可提出来！"

周局长："我是公正廉洁的人，可不敢提什么要求，也不会收什么点数……如果你有心，可以帮帮阿兰。她老家要起房子，你这公司不就正好是做房子的吗？"

黄总："没问题没问题！"

阿兰："谢谢黄总！"

黄总："不用谢我，要谢你就谢周局长。"

周局长："别谢别谢，你个小骚货真心跟着我就好。"

阿兰："你个讨厌鬼，我哪时假过心？"

…………

"金银花饭店"二十多位"小姐"过着高收入的生活，我母亲不禁羡慕起这些年轻美貌的"小姐"：吃青春饭来钱真快啊！

不过，她也知道，饭店得靠她们来维持，她们稳定，她才能发财。

12. 小翠

有一天上午，我母亲去农贸市场采购食材回来，看到一个"小姐"在总台旁等她。

"婷姐，我想带我堂妹小翠过来做服务员。""小姐"说。我母亲认出"小姐"叫阿琳，来自本县最穷的九圩乡。

"阿琳，我们的服务员够多了，再来都没有地方住了。"

"可小翠家实在太困难了，初中刚刚毕业，家里都想给她找婆家了。"

"初中刚毕业？"我母亲忽然想到前一阵子一个客人对她说的一件事，便问阿琳，"她还是处女吗？"

"这……应该还是吧。"阿琳说，"她是个老实人，在九圩乡中学都没接触过男生。"

那个客人对我母亲说，今年他遇到太多的不顺，希望我母亲帮找一个处女来开"红花"，他愿意给五千元的开处费。

我母亲对阿琳说："那，让她来吧……如果有客人检验她还是处女，我多给她一千块钱。"

"谢谢婷姐！"阿琳说。

"如果她还有其他女同学，"我母亲说，"都可以让她们到这里做服务员。"

"好的。"阿琳说。

那个年代流行外出务工，尤其是乡村的女孩子，读完初中，朦胧的青春期刚过便憧憬外面的世界，都想到城里去打工赚钱。

阿琳带来了包括小翠在内的三个女孩。她们从乡村来，长得真青涩：穿着朴素，扎着马尾辫，有一个胸前还戴着中学的校徽。我母亲专门在楼顶搭了间临时住房给她们住。我母亲知道她们还是未经世事的少女，要经过培训才能见客人。

"金银花饭店"处在县城一处偏僻的地方，以前是乡镇粮所的粮库，粮所倒闭了，一栋原来的办公楼廉价出租，我母亲经过一番简单改造装修，便成了饭店。但是，我母亲坚信"酒香不怕巷子深"，有好的服务和好的"小姐"就会有好的生意。她对"小姐"的投资可谓不惜成本：根据不同身材购买不同的服装，有夏装、春秋装和冬装，有旗袍、有复古装，有超短裙、有连衣裙；她统一买给她们高档化妆品，带"小姐"到美发店专门设计发型；她还坚持每天用一个小时的时间培训"小姐"，除了礼仪方面的内容，还增加如何取悦男人争取更多的回头客、如何用身体多赚钱又能很好地保护好自己等内容。而对像小翠那样未开苞的"雏鸡"，我母亲自有一套培训方法：首先培养她们对金钱的占有欲，说陪客人喝酒唱歌每月都会有 5000 元左右的收入，其次是让她们知道"小姐"这个行业，没有人会相信你是干净的，不必守身如玉；三是培训她们喝酒，酒能麻醉神经，让人兴奋，让人发骚。

两周后，小翠开始出台。在酒精的作用下，小翠终于被客人开处了。我母亲说话算话，多给了小翠初夜费一千块钱。

我母亲深知"小姐"这个行当必须有新"货源"，在这样灯红酒绿的地方，充斥着野兽的欲望，没有任何情感可言，除个别包养"小姐"（当情人来养）的老板，大部分客人都会"喜新厌旧"，为此她每半年便会更换一批"小姐"，而她的新"货源"则在广大的贫困地区。

当然，那些旧"小姐"，我母亲也有处理的办法，一些优秀的能够招"回头客"的，她自然会留下；不能留下的，她介绍到别的酒家或"劲美按摩美容美发一条街"。

13. 开按摩美容美发一条街的男人

开按摩美容美发一条街的男人不是生意人，也不是官员。他只是政府大院保安处一个没有行政级别的小科长，可暗地里却是一个流氓加无赖，是县城里一个黑社会的头目：他曾经三进"宫"，第一次是参与群殴，把两个人打得筋骨断裂，差点丧了命；第二次是从边境走私汽车；第三次是收高利贷时绑架了一个男孩。

第三次从看守所里出来的时候，他明白了黑社会只有隐匿在阳光下才能存活的道理。

他通过关系在县政府大院谋到一个保安的职位，很快又成为保安处的负责人。他人在保安门卫处上班，却心系着"劲美按摩美容美发一条街"。这一条街位于县城新旧区交汇处。在 1998 年（那年全国发大水），他把多年来经营县城黑社会所得的资金都投到了这里。已经一年多了，每当夜幕降临，在昏暗的路灯下，这条街的店铺纷纷开启暧昧的、粉红色的灯光。透过店铺的玻璃门，只见里面衣着时髦的年轻女子搔首弄姿。尤其是当单身男子经过时，这些"花儿姐"们更是连敲玻璃加招手，更有甚者把玻璃门打开，嘴里"帅哥，来呀"地叫个不停。在他看来，夜幕降临，华灯初上，那条街的店铺就是县城的一抹亮色。

他常在酒足饭饱后站在热闹的夜市旁，望着高高的闪着 LED 灯的"劲美按摩美容美发一条街"的招牌，心中竟然如此感慨：它们卑微地处在县城一隅，绝不炫耀，精巧别致的房间透露出橘红色的光芒，以一种柔和暧昧的姿态与街道旁那华而不实的霓虹灯、苍白的路灯对峙着、争辩着。

这天下午，我母亲带着阿青来到县政府大院保安处。经过"劲美按摩美容美发一条街"老板的装修，保安处的办公室初看朴素，实则豪华，办公桌椅全是越南红木红酸枝。办公桌一侧，摆着一套高档的紫檀花梨木罗马茶台。茶台后墙上悬挂着一幅"宁静致远"的名家书法作品。

我母亲站在办公桌前，对着靠在沙发椅上的"劲美"老板恭敬地叫道："黄科长好！"

和我母亲一起来的阿青则熟门熟路坐到茶台泡茶的位置。

"哎哟，婷姐客气了。"被称为黄科长的"劲美"老板起身走到茶台边，客气道，"快请坐、快请坐！"

"婷姐你坐吧！"阿青随声附和道，"到黄老板这里你客气啥呢？"

阿青是待在"金银花饭店"最久的"小姐"，她当然也是最有能力的"小姐"，她为我母亲服务了一年时间。这一年里，她在每个包厢都是最吃香的"小姐"，几乎每天都有老客人定她的台，她在客人面前笑容可掬，落落大方，装得像一个长袖善舞的交际花一样。她唱歌很动听，在包厢内很会调节气氛，哄得那些男人很开心。在那些男人中不乏几个是真心喜爱她的，这个开按摩美容美发一条街的男人就是其中之一。我母亲知道他和阿青并不单纯是服务与被服务的关系，从发展的态势来看，两个人有可能要成为夫妻。

黄科长给我母亲倒了一杯茶："婷姐喝茶，这可是上等的龙井茶呢。"他的声音听起来非常友善。

我母亲坐下来。"谢谢黄科长，"我母亲说，"有两个事情得麻烦黄科长出面解决。"

"我们是合作关系，不是吗？"他说，"你的事就是我的事，能办到的我一定不遗余力。"

"其一就是，"我母亲看了阿青一眼，"阿青我要交给你了，你们应该结婚了。"

黄科长哈哈笑了起来："我从里面出来，单身这么久，确实该结婚了。"

说罢把旁边的阿青搂了过去。

我母亲有点小尴尬，但还是把第二件事情说了下去："还有一件事是，昨晚有两个小喽啰到我的饭店，说要收保护费。"

"这事你找我找对了。"黄科长说，"虽然我已经远离江湖，但江湖还是会看我面子的。"说罢他拿起一旁的"大哥大"拨了一个号码，说道，"你到我办公室来一下。"

一会儿，一个看起来干练的年轻人走了进来。"阿虎，你马上给我查一下，昨晚是哪伙人到'金银花饭店'找事儿了……还想反了不成?"黄科长说。"我马上去办!"年轻人领命出去。

"听说你又准备换一批小姐?"黄科长看着我母亲说，"动能生财呀，婷姐你真是个有本事的人，一批接一批，源源不断有新人接班。"

"哪里哪里，比起你黄老板，差得远差得远。"她说。

"你的流动也就是我的流动，"黄科长说，"经过你培训过的小姐，素质真的很过硬，流动到我的按摩美容美发一条街，客人都喜欢。"黄科长左脸靠近耳边的地方有一道隐秘的刀疤，不熟悉的人或粗心的人是看不出来的，只有他笑的时候，那道疤才显出暗红的颜色。他说完这话，又笑了一下。

说话间有两个保安进来请示他："黄科长，五栋六单元一楼杂物房有两户养鸡，怎么劝说都不听。怎么办?"

"按县政府关于禁止在大院养鸡养猪的文件办!"他说。

"那个退休老干部王老死活要养，屡劝不听!"一个保安说。

"明天强制执行!"他说。

"好! 有科长这话我们心里就有底了。"保安回应。

…………

保安出去后，黄科长向我母亲摊了摊手道："婷姐你看，我的工作真忙。"

我母亲恭维说："我想像黄科长一样忙都没有机会呢。"

黄科长说："我想把全身心的精力放在政府保安工作上，我和阿青结婚后就把劲美一条街交给她管理。"说完他又一次搂过阿青。

"这是你黄科长最明智的选择!"我母亲说，"如果阿青忙不过来，我也可以过来帮忙。"

我母亲继续说："我祝你们结婚幸福!"

黄科长和阿青乐呵呵地笑着。我母亲看到他左脸上暗红的刀疤不停地颤动。

第五章

14. 种硬头黄竹的夫妇

我母亲的养父母是同一年去世的。那年她回去处理完后事,回来就关闭了"金银花饭店"。在一口樟木箱子里,我母亲看到了一本八爷留下的笔记本,里面写满了相当于他自传的文字,她从这些文字里了解到养父母最初的身世。

我母亲的养父母并不是那征村人。他们从北面流浪而来,自小青梅竹马。养母生在一个竹匠人家,家境宽裕,她的父亲是编匾、编筐、编席高手(竹匠手艺是老一辈传下来的,都说荒年饿不死手艺人,姑娘找婆家的都要找手艺人),而养父是穷人家出身,他从十岁起就被送来做学徒,后来突遇战乱,一家子离散。两人来到那征村时基本是衣不蔽体,又冷又饿。村里的八爷收留了他们。"有我一口吃的就不会饿着你们。"八爷说。那年应该是二十世纪四十年代中末期吧,到处乱糟糟的,村里城里生活都不容易。八爷读过书,在镇上干过私塾,后来不知什么原因独自扛着个樟木箱子回村,在南山下种瓜种菜,孤寡一人生活着。

我母亲的养父母都是知恩图报的人,他们落脚那征村,除了服侍八爷,能帮村里人做的事,他们都不遗余力。

你家菜篮子坏了吗?

叫八爷收留的潘立山编一个。

刘家祠堂的瓦片掉了几块啦,怎么办?

叫潘立山去收拾补上吧。

村小学教室的门柱断了没换上吗?

叫潘立山去修。

多年来,村人一直这样使唤他们。

到了结婚年纪,八爷看出他们并不是真正的兄妹关系(流落到那征村时,他们互称兄妹),便为他们举行了结婚仪式。村人都来祝贺,算是对他们的认可吧。

养父母后来的故事,我母亲大体是通过村中的老人知晓的。

五十年代初,八爷因病逝世。死前,八爷指着南山前面那片土坡对他们说:"有空你们种上竹子吧,一大片荒地啊,浪费真是可惜。"之前,八爷已经在南山种了不少硬头黄竹,这些都是种植竹子的母竹。从那年起,我母亲的养父母除了在那片荒地种竹,还会在山脚、河边能够种竹的地方种上硬头黄竹。

他们结婚多年,却一直没有生养孩子。对于这件事,村人有些好奇,但毕竟是别人的隐私,没有人去深究其中原因。也有一些难听的传言,说潘立山那东西不行,说他老婆是石女,但他们没有理会,谣传终归息止。

直到 1955 年春天,不知谁在他们家门口丢弃一个女婴,女婴的襁褓内有一张纸条,上面写着:贱女于乙末年二月十八日出生。这个女婴便是我母亲。

那年,那征村的硬头黄竹长势茂盛。

在我母亲的养父母的一生中,他们种的最多的竹子就是硬头黄竹。这不仅因为潘立山是一个竹匠,更因为他们感恩于那征村,那是那征人的村庄,也是他们的村庄。硬头黄竹有很多用处,可作撑篙、棚架、农具柄、竹梯、扁担等,那征村好多干栏房,屋前的晒台都是用它们撑起来的。对于潘立山来说,竹子的用途还不止这些,它还能编竹器,竹器轻便、耐用,竹篮、箩筐、土箕……这些都是每个农户家中必备的。

但到了"大跃进"大炼钢铁那年,大量的树木遭了殃,那征村的硬头黄竹也在劫难逃。尤其是南山前的那成片竹林，被连根拔起，用来烧火。

没有了那片竹林，我母亲的养父母性情大变。他们再也不帮村人编匾编篮子了，对我母亲也不像以前一样态度温和了，动辄厉声大骂，斥责她好吃懒做奸猾虚伪，说她是天生的骗子。这种情况从我母亲小学二年级持续到初中二年级。

我母亲初二暑假的时候，村里搞批斗会，公社的领导组织群众把我母亲的养父母揪出来，说他们是遗漏的"地富反"分子，从外地流窜到那征村。公社领导在他们胸前挂了个牌，绕村游行两圈。后来因为没有证据证明他们是"地富反"，就没有第二次批斗了。

但是，从那以后我母亲的养父母变得谨慎胆小，在任何人面前讲话都低声下气，哪怕后来我母亲在村里给他们起了最高最好的楼房，也改变不了他们这一卑微的性格。

他们逝世那年，那征村村头村尾和山脚下仅剩不多的硬头黄竹突然开了花，流过那征村的那条小河也干枯断流（这可是那征村历史上从来没有过的事情）。

开花结实以后，那些硬头黄竹的叶子便开始枯黄脱落，竹竿变黑，直至腐烂。

硬头黄竹在那征村消失了。

我母亲的养父母去世十年后，镇上有两个能人来那征村承包南山前面那片荒地，打算搞种植赚钱。

"种竹子吧。竹子一身是宝，其中竹纤维、竹炭更是现今的'贵重物品'，应该很赚钱。"其中一个人说。

"好啊，以前有人种过硬头黄竹，听说长得还不错。"另一个说。

他们投入大笔资金，到四川引进母竹和优质的竹苗，按科学方法给竹子松土施肥和除草。可是几个月后，竟然没有一根竹子能生长起来。

15. 公社高中生

傍晚，西边的晚霞红彤彤的，天上的云朵从东往西移，缓慢，但还是肉眼可见。山色金黄，山谷有头羊的铃铛声，悦耳动听，似乎那声音也是金黄的。

早上路过这里的时候，我母亲和吉红就遇上了这个赶黑山羊的人。黑山羊在晨雾里咩咩乱叫，声音在山谷里回荡。山谷里，这春天的晨雾还真是浓，隔着十几米远就看不清前方的事物，我母亲和吉红不知道有多少只黑山羊在前面走。

牧羊人在羊的后面，他手里握着一根竹棍，将一群黑山羊往前赶。他是个少年，年纪看起来和她们相差不大。他听到脚步声，便回过头来。

"对不起两位阿姐，我这就把山羊往山上赶，给你们让路。"他用那边的土话说。我母亲和吉红听得懂那边的话，因为它与那征村的土话基本相同。我母亲猜测，他的羊大概会有四五十只。

少年用竹棍敲打路边的石头和树木，大声叫："巴春巴春！上山上山！"他是向前面喊的，似乎是向头羊发号施令（头羊的名字应该就叫"巴春"）。只听见前面晨雾里传来"叮铃铃"的铃铛响声，一会儿羊群便往山道两边散开。他向我母亲和吉红微笑，说："你们走吧。"

我母亲看到他胸前挂着一把特别的木梳，就问他："你为什么挂这个东西?"

他说："我妈妈做这个的，有空我给巴春梳梳毛。"

我母亲说："这梳真好!"

他说："如果喜欢，送你一把好啦。"

我母亲刚想说什么，吉红拉着她催促："走啦走啦，报名要紧!"

我母亲和吉红是从那征村去往镇上的。她们要到公社高中报名读书，书包里分别有大队的证明和介绍信。二十世纪七十年代初，从那征村到镇上还没有通汽车，走路有两条：一条跨过国境经过一个山谷，然后到达归春河渡口，从渡口渡竹排过去便到；一条是沿着泥沙路绕过一座大山再走一段田塍小路。前一条是近道，需要四十分钟；后一条远一点，没有交通工具的话需要走一个多小时。她们选择近道。

我母亲和吉红初中毕业后在家待了半年，她们都因为身份问题没有被推荐上高中。半年后正好兴起"学制要缩短，教育要革命""初中不出队，高中不出社；队队办初中，社社办高中"，她们又有了读书的希望。生产大队倒是十分通融，支书说："如果公社上同意，你们就去读吧，希望读书回来后为我们大队做贡献。"吉红的父母是很支持她们继续读书的，他们甚至找我母亲的养父母进行劝说，让我母亲去读高中。"女孩不是干农活的料，读完高中她们至少能当民办老师。"他们说。当两家大人们得知大队同意出证明后，除了给足学费书本费，还多给各自的孩子几块零用钱。

报名公社高中的人很多，但女生少，公社领导就指示说："女生优先，家庭出身虽然没有调查清楚，但只要女生思想又红又专就可以上高中。"

我母亲和吉红的报名很顺利。在镇上，她们一起买了几个尖堆饼、一包青食钙奶饼干和一些糖果。

"是不是那个赶羊的小哥哥给我们带来好运呢？"吉红问。

"我希望我们回去的路上还会看到他。"我母亲说，"我想用糖果换他那个牛角梳子。"

她们回到山谷，果然看到那些黑山羊已经下山。那个少年在夕阳下赶着羊群往岔路的那边走。那边的村庄远看和那征村似乎区别不大，有炊烟从村庄升起，一样的袅娜迷人。

"哎——"吉红朝他喊了一声。他向她们看过来。

"过来一下！"我母亲对他招招手。

"两位阿姐，有事吗？"他走过来。

"你，不读书了吗？"我母亲问。

"为什么还读书？"他说，"放羊也不错嘛。"

"你吃饼干吗？"吉红说，"我们中国的饼干。"

"不不。"他说着，眼睛却一直盯着吉红的手。

"要吧要吧。"吉红把几块饼干塞到他手上。

他脸红了一下，说："谢谢！"

"你是平歌村的吧？"吉红突然问他，"你认得蓉美吗？"

他一下愣住，紧接着点了点头。吉红用手指了指那边的村庄，说："你们村的，和我是亲戚呢，我表妹。"

他想了一下，说："是我们村的，不过她出嫁了。"

"哦。"我母亲对吉红说，"我认得那个蓉美，来过你家的，年纪比你还小……怎么就嫁人了呢？"

"女人总归要嫁人的嘛。"他说。他说这句话的时候，语气像一个大人。

那些黑山羊在那边好像等得不耐烦了，"咩咩"地乱叫声。"我要走了。"他看了看那些羊，对她们说。走了几步，他好像想起了什么，又跑到她们前面，把胸前挂着的梳子拿下来，递给我母亲，说："给你的。"

他脸儿红了一下，似乎有些害羞，然后急忙转身走开。

走了很远，他突然回头向她们大声喊道："谢谢中国饼干！"

我母亲和吉红看着他赶着黑山羊渐行渐远，直到拐过一片竹林。

回到村里，天已渐黑。但她们心里很高兴，因为她们的书包里都有一张盖了公社中学公章的高中录取通知书，一周以后，她们将到那里读书。

16. "那个长得像猫头鹰的女同学"

我母亲和吉红对公社中学并不陌生，她俩初中就是在这里读的。一个四月的傍晚，开始是无意识的，然后是被迫的，我母亲和吉红成了"舍霸"。

事出有因：我母亲和吉红是两个脾气古怪的学生。在初中的时候，她们总是因为一些奇怪的举动被叫到教导主任面前训话。教导主任是一名中年妇女，在公社初中当了多年的主任，对付捣蛋顽皮的学生很有一套。

这天傍晚，我母亲和吉红站在女生洗浴房前的水塔旁，这里是公社中学所有女生聚集的地方，洗完澡的女生都在水塔旁洗衣（水塔是圆柱体，下面每隔一米多就有一个出水的水龙头）。吉红拿着一根竹棍伸进泡着衣服（刚刚换洗出来）的锑桶里，按顺时针的方向搅动，水龙头的水哗哗直流，桶里的水白花花地溢出周边。吉红说："梅子，洗衣机的原理是不是这样啊？"我母亲不答，在一旁咯咯直笑。旁边一个初三样子的女生说："毛主席教导我们：节约闹革命！我要去告诉老师说你们浪费水。"

我母亲看了一眼这个身材瘦弱的初三女生，见到她竟然有洗衣粉洗衣服。

"就你多管闲事，想掌嘴是不是？"我母亲走过去，从她手中夺过那包洗衣粉，全部倒到吉红正在搅动的锑桶里。

我母亲扔掉空洗衣粉袋子的时候，顺手再推了那个女生一把："你老师是谁，去叫她来呀！"

初三女孩眼里蓄着一汪泪水，不敢出声。旁边还有几个洗衣服的，她们看见我母亲蛮不讲理的样子，赶紧提起洗衣桶走到远一点的水龙头。

我母亲从她们眼神里看到了怨忿和不服。

上级虽然要求社社办高中，可公社哪办得起新的正规高中呢？财力物力没有不说，连学校校舍、师资都是原来的公社初中。但公社高中又不能不办，于是只能匆忙地招收两个班的高中，把公社初中改名叫公社中学。教室是原来两间准备弃用的旧房改装的；宿舍没有，就在原来初中的每间宿舍加塞进几个木制的上下铺床架，安排新招的高中生。那些不服的女生，有几个就是我母亲和吉红同宿舍的初中生。

那一刻，我母亲和吉红觉得欺负这些低年级的女生是一件有趣的事情，谁让她们还是初中生呢？

回到宿舍，我母亲看到门口新贴一张调整住宿人员床位名间，一个宿舍有二十个同学，她和吉红被老师写在最后面。

我母亲把名单撕下来，丢到那个叫黄红梅的舍长（初三年级）面前："凭什么调来调去？我和吉红邻床，不换！"

"是老师让我调的。"她说。

"你想骗我？哪个老师让你调的？你叫来跟我说！"我母亲说。

她委屈地走出宿舍，去找老师。老师听说是高中生找茬，干脆支使她去找教导主任。"那个长得像猫头鹰的女同学不听从调床位，"那个女生对教导主任说，"你看这个，她撕下来的。"她把那张床位调换表放在办公桌上。

"长得像猫头鹰？"教导主任饶有兴趣地问她，"你说的是那个叫潘冬梅的高一班女生？"

"对。听我们同宿舍的农梅娇说，她还浪费水，还抢别人的洗衣粉！"她气咻咻地说。

"你是第一个给她取绰号的同学，猫头鹰，猫头鹰，哦哦，还是一只益鸟呢。"教导主任说，"我知道情况了，去跟你老师说，等会儿叫她带'猫头鹰'和吉红到我办公室来。"

不一会儿，我母亲和吉红就被老师带到教导主任办公室。她俩极不情愿地站在教导主任面前。吉红双手一下子放进裤袋里，一下子又拿出来，仿佛不断地从里面掏出什么东西；我母亲则把手插进口袋里，眼睛漫不经心地看着窗外；那个初三年级的老师在教导主任身边找一张椅子坐了下来。

教导主任把一本教案本合起来，用手敲了敲桌子。我母亲把目光收回到教导主任那张熟悉的面孔上。"听说你不满宿舍床位调整？"教导主任说，"而且还欺负初中同学，是不是觉得升了高中就了不起？"

我母亲默不作声。吉红呼吸急促，脸儿憋红。

"你们也是在这读了几年初中，按道理应该对这里有深厚的感情吧？你们怎么会做出这种事情呢？"

我母亲收回目光，看着教导主任身后墙上的毛主席画像。她对这间办公室是很熟悉的，因为她还读初中时就来过好几次。

"一个集体，应当互相关心，互相帮助。"教导主任说，"而不是因为你是高年级或者是大人就可以为所欲为。想想吧，如果我们老师也以大人的身份为难你们、欺负你们，你们会怎么想？"

公社中学的老师确实对学生们好。我母亲和吉红是从村里到镇上读书，人又长得不漂亮，初中的时候老师包括眼前的教导主任，好像都没有为难过她们，甚至还因为她的聪明委以副班长的职务。

教导主任教过她们的政治课。在她们初二的时候，有一个牛皮筋似的男生仗着是街上人，把班上的男生收拾得服服帖帖，女生见了也是胆战心惊，生怕他会无缘无故弄出什么幺蛾子欺负她们。有一次上政治课，这个男生在老师（也就是教导主任）没有到教室前将一条死蛇压在讲台的粉笔盒下面，吓得她惊惶不已。"老师，这个是黄峥嵘干的！"我母亲站起来说。全班同学都用一种诧异的目光看着这个长相有点奇葩的女同学。他们都在想，她真大胆啊，敢得罪这个"牛皮筋"。叫黄峥嵘的同学就是那个霸道无比的街上

"牛皮筋"男生。课后两个人被叫到教导主任的办公室。"说！你为什么这样做？"教导主任厉声问。男生倔强地说："不是我干的！"他刚才在课堂上也是这么坚持的。教导主任把目光移向我母亲。"吉红可以证明，全班同学都可以证明，看见他把死蛇放在讲台上。"我母亲说，"他是早就有预谋的，昨天他们讨论说要恶作剧整政治老师的话我都听见了。"教导主任问："他们包括谁？"我母亲看那个男生一眼，说："主谋当然是黄峥嵘，还有刘东东、谢天明、何明志。"她一下点出几个同学的名字。黄峥嵘狠狠地瞪她一眼，意思很明显：等一下出了办公室门口有你好看的。"好你个黄峥嵘，看我如何收拾你！敢戏弄老师！"教导主任愤怒道，"今天我就叫你家长来！"我母亲看到男生紧张，又说道："老师，他还经常上课讲话，还顶撞别的科任老师。"教导主任指着黄峥嵘道："反了反了，你要停学两天！"男生脸色难看，他老爸是街上杀猪的，停学就意味着他要被老爸狂揍一顿，老爸打人的狠劲仿佛他黄峥嵘不是亲生的。出得门来，我母亲看到男生怒气冲天，赶紧对他说："你要是敢欺负我，我就把你爬女生厕所的事、偷学校学农基地红薯的事、砸烂学校宣传窗玻璃等坏事，统统都告诉教导主任。"黄峥嵘用奇怪的眼光看着我母亲，握紧的拳头松了下来："你……"

事后，教导主任专门找了我母亲的班主任说："这个叫潘冬梅的，人虽长得不咋样，但脑子好使，可以给她当班干。"

由此可以看出，我母亲是颇得教导主任喜欢的。

现在，她们又一次站在教导主任的办公室，不是以作为证明人或者接受表扬的身份，而是与之前牛皮筋捣蛋生黄峥嵘相似的身份站在这里。我母亲为此微微感到尴尬和愧疚。

"对不起老师，我们错了。"我母亲说。

"对不起就完事了？没那么简单。"教导主任说，"你要为做错的事情付出代价。"

"你看这样好不好，"教导主任继续说，"我不管你用什么办法，你们两个，你，梅子，当宿舍的舍长，你，吉红，做副舍长，一起管理好你们20个人的宿舍。"

用捣蛋的学生来管理宿舍？坐在一旁的老师惊讶地看着教导主任，不知道她用的是哪一门子的教育方法。

"这就是我对你们两人的惩罚。"教导主任说，"我的要求也很简单：你们宿舍要搞好内务，干净整洁，全体女生要团结协助，遵守纪律，按时作息。这对于你们两个高中生来说，应该不是很难。对吧？"

"对……对！"吉红回答得有些犹疑，但我母亲很果断。她连黄峥嵘都不怕，一群小女生又算得了什么呢？

她们离开办公室后，教导主任问坐在一边的老师："你看，那个潘冬梅是不是真的长得像猫头鹰？"她没等老师回答，又说道，"对付她这样来自农村的又有点小聪明的人，骗骗她帮我们做工作，是最好的办法。"

教导主任又望了望门口，自言自语道："猫头鹰，呵呵，猫头鹰。"

第六章

17. 民办老师

一个公社不可能推荐一个人上大学，我母亲连推荐的机会都没有。高中毕业后，在县糖厂工作的吉红伯父找到两个临时工的名额，可以安排吉红和我母亲。可就在她们准备去县城的前一天，吉红伯父打电话到大队上，说另一个名额被厂长占了，只能安排吉红一个人。

我母亲听到这个消息，伤心欲绝。她像一个木头人一样，傻掉了。她一整天把自己关在房间，谁喊都不应。养父母担心她想不开，找大队支书想办法。

"读了那么多年书，不可能让她务农嘛。"支书说，"村学校缺老师，先让她去做民办老师吧。"

民办老师比村里强劳力的人待遇要好，今后还有转正的机会。一年里，除了村里给最高工分的满勤待遇，公社还有每个月给十元的边境补助。

那征村在边境算是一个人口较多的大队，学校有9个老师，一至五年级每个年级都有一个班，新来的老师一般都要从一年级教起。那年秋天，我母亲在那征村完小教小学一年级语文，兼任全校的音乐课。她穿上得体的服装，看起来还是十分端庄的。

她是一个声音高亢、管教严格却又有亲和力的老师。在镇上，她也许是土鸡，但回到那征村，她就是一只金凤凰。

学校有一台海燕牌留声机，在她没任教前，只用来连接到高音喇叭，播放全校课间广播体操的音乐。但从她兼上音乐课以后，就专程到县城买了好几张音乐唱片。这些歌曲学生喜欢听，也喜欢唱，她就在上课的时候播放。

上课前，高年级的学生会到她的办公室问：

"老师，今天的音乐课教我们什么歌？"

"老师，这张新唱片的歌好听吗？"

"老师，上次教的《闪闪的红星》我还不会唱哦。"

他们像一群麻雀，叽叽喳喳说个不停。他们对她满怀敬佩，因为她的歌唱得嘹亮动听，像从留声机里唱出来一样。

而她更喜欢上一年级的语文课。那些学生单纯可爱，眼睛里闪烁着朴实的光芒。她会教他们唱儿歌，和他们玩老鹰抓小鸡、丢沙包，她会给他们讲格林、安徒生等童话故事。孩子们见她就会围过来，央求讲故事、玩游戏。

我母亲常向老师们讨教上课的方法（当然，那个以前教过她的女校长已经调去县城），把她写的教案给校长和教导主任审，他们也会尽可能地帮助她提高教学水平。没有课的时候，她会坐在别的年级教室后面，听老师讲课，课后写听课笔记。我母亲想法没有后来那么复杂，她就是想着如何让自己尽快变为一个公办教师。为了这个目标，她得把自己塑造成为虚心学习、勤奋工作的良好形象。

我母亲表现出爱校如家的敬业状态。每天放学之后，她会带着一年级的孩子们清捡校园内的杂物和垃圾。校长很喜欢她勤劳能干带来的成果：学校干净整洁，充满生机，得到教育站和公社领导表扬。校长对全校老师说："如果潘冬梅能一直保持这样的工作态度，公社里有转正的名额，我们一定要联名推荐她。"

如果没有后来与补锅匠刘抗美发生的事情，她一定能从民办转正为一名优秀的公办教师。

18．刘抗美

刘抗美是个老江湖了：他有老道的补锅手艺，一张嘴还油滑，夸人的时候嘴里像抹了一层蜜；他能一边补锅一边讲故事、讲各种江湖传闻、各种荤素笑话，虽然看起来是个毛头小伙子，可见多识广，很是吸引村人。

刘抗美是"游补锅"，外地来的。那征村的补锅匠历来是王跛子，可那年不知为什么他没有来，对此村民有各种传说：一、据传边境要起战事，王跛子怕跑不过人家，所以不来那征村补锅了；二、王跛子的手艺比不过刘抗美，怕丢丑了不来；三、王跛子病了，卧床不起……

挑着补锅担子来到离村小学不远的榕树下，刘抗美用嘹亮的嗓音叫道："补——锅——嘞——"，如唱歌一般，悠长起伏，绕梁不绝。他还有节奏地敲打手中的铁板，让"叮叮当当"的声音回响村庄——这样的声音在那征村只有村小学上学敲的铜钟才能和它相比。这下子，整个村子就乱了，一帮男女老幼从屋角旮旯找出破锅、漏盅、烂壶、坏盆，到村头挨个儿排着队，等候他修补。和王跛子补锅不同的是，他把锅底换好了，要装一锅水，仔细看它还漏不漏，漏了要重新补过，直到不漏为止。

王跛子可没有这个耐心和本事。

似乎命中注定我母亲要被刘抗美骗去贞操。作为村里的小学老师，她是不去凑补锅这个热闹的。可是我母亲的养父母在刘抗美到那征村的第一天，就把他领到家里来了。

原因是一曲花鼓戏。

家里的潲锅破了个洞。养父母抬着它来到村头榕树下（家里养好几头猪，潲锅有点大）。在那里，他们听到刘抗美快速的讲话声突然就觉得异常熟悉，仿佛是失散多年的亲人在对他们说着什么。当刘抗美边忙活边哼唱一段戏曲的时候，养父潘立山突然就冲上前去："小伙子，你唱的可不是花鼓戏《打铜锣补锅》吗？"

刘抗美哼唱的是：手拉风箱，呼呼的响，火炉烧得红旺旺，女婿来补锅，瞒了丈母娘……

刘抗美说："是啊，湖南花鼓戏。"

他抓住刘抗美的手说："你是湖南人？"还差一点把旁边的坩埚弄倒。

刘抗美赶紧扶住坩埚，说了一句湖南方言："灰滚滴，莫卧斗哒。"（很热的，不要烫到了）

他说："你是我老家的人啊。"

就这样，晚上刘抗美就成了家里的座上客。

他们喝了酒，喝多了就唱花鼓戏，唱《刘海砍樵》，唱《补背褡》，在唱《打铜锣补锅》的另一段唱曲《刘大娘笑呵呵》时，养母竟然还能接上腔：

"……只怪我粗心大意闯了祸喂，我失手就打破了（哦呵）打破了煮潲的大铁锅。急得我大娘莫奈何，拿了饭锅当潲锅哇，饭锅子细，潲又多，猪崽子天天吵场伙。扯哒我的衣，跑又跑不脱，追到厨房里拱灶脚……"

我母亲从来没有见过养父母这样高兴过。养父潘立山说："小伙子啊，你在那征村补锅的几天就在我家住吧！我特别想听家乡的花鼓戏。"

第二天是休息日，学生没有来学校，却都跑到榕树下看刘抗美补锅。因为有过昨晚的接触，我母亲也来到榕树下。她看到他手上生花似的忙活起来，开始是在地上一圈儿地摆开工具：风箱、火炉、坩埚、煤块、砧凳、小锤、钻子和棉布卷等，然后熟稔地安放好连着风箱的炉子，填入木炭，在坩埚内放几块碎的生铁块，接着就是一下一下地拉风箱，在等待生铁融化的空闲，他又哼起熟悉的花鼓戏：风箱拉得响，火炉烧得旺，我把风箱拉，我把锅来补，拉呀拉，补呀补，拉呀拉，补呀补……等生铁融成铁液时，他才止了声音，按破洞的大小，小心地将滚烫的铁液酌量倒在厚厚的垫布上（垫布有一层细沙），从锅底顺着洞缝补上，那铁液一冒上来，他迅速用棉布卷平抹过去，把生铁液压平，然后在补疤口抹上些泥浆降温，就算完成了补锅的全过程。

后来回想起那几天里发生的事情，我母亲脑子竟然如断了片一般，她不知道怎么就陷入了刘抗美的情网中。或许，她盯着刘抗美的时间长了，心里就能自然而然地长起一棵情感的树？可这树未免长得也太快了吧？甚至有一天，养父母出去做工没有回来，她莫名其妙就替他做了午饭。做饭的时候，她还一脸兴奋地学着他的腔调，哼唱那几句《补锅》的花鼓戏词：风箱拉得响，火炉烧得旺，我把风箱拉，我把锅来补，拉呀拉，补呀补，拉呀拉，补呀补……

就是那天中午，吃饱后的刘抗美把她抱到床上。而后几天，他们就睡在一起了。养父母似乎也默认了这门亲事，对他们的成双入对也没说什么。

刘抗美对我母亲说："梅子，等我回家和父母征求意见，就来给你提亲。"他走的时候留了一个湖南的地址。可是后来她给他写了几次信，信都被邮局退回来，上面都写着：查无此地。

我父亲刘抗美就此失踪。

第七章

19. 隐秘的桃花村

这个村庄在离凡城十几公里远的某个乡里世外桃源般地存在。有人说这个村以后可以叫桃花村，因为有个五十多岁的男人在这里承包了一片地，全部种上了桃树，还说要开发成桃果基地。

我母亲看上桃花村是因为这里有和那征村相似的地方，村后有石山，有一条小河流绕村而过，四周有树，也有一些竹子。老赖皮的房子与村里的房子隔着一段距离，更令她满意的是他承包的地方有一处温泉，村里人叫突灵热水泉，每一次来这里，她都去泡一泡热水澡。

她喜欢这里，老赖皮就在这个小温泉下面筑一个拦水坝，形成一个像一个大浴盆的水池。老赖皮用竹片围成篱笆墙，种上一些爬山虎，形成一道屏障。温泉从山上流下来，水质清澈，穿过一片竹林，流经之处冒着水汽，到达水池时水温正合适泡浴（这是老赖皮专门测试过的）。温泉水从水池流出几十米后，就流入村里的小河里。

老赖皮姓赖，至于叫什么名字，我母亲没有认真去查证过，随便就叫"老赖"，后来发展成为那种暧昧关系后，她就叫他"老赖皮"，这正如她随便把自己叫"凡一梅"或"凡姨"一样。好在他也没在意"老赖皮"这三个字是褒是贬，就当她赐给自己的昵称或外号。她给过老赖皮一些钱，所以他就认定她是个隐秘的有钱的主子。其实我母亲也知道老赖皮想骗她来这里投资，但她不会说破。

老赖皮有一辆吉普车。每次我母亲想到桃花村的时候就会给他打电话，让他在凡城某处接她。他并不知道她在凡城租住在哪里。她到桃花村住是不定时的，有时住几天，有时住十来天或一个月。

春天到了，天气晴朗，桃花盛开。我母亲知道，老赖皮会在这个时候来接她到村里去住。除了这个时节，他打来的电话，她统统不接。从凡城出发一个多小时后，吉普车就会到达村里，老赖皮会因我母亲跟他一起到村里而兴奋不已。老赖皮会买很多食材放在后备厢和副座那里，而我母亲则在后座坐着（她坐车从来不坐副驾）。道路坑坑洼洼，吉普车颠颠簸簸，路上很少见有车辆来往，偶尔只见一两辆拖拉机、自行车和个别行走的农人。经过一座桥之后，吉普车拐上另一条与村道岔开的泥沙路，几分钟后便来到老赖皮的住地。

老赖皮有两处住地，在村里的一处是老房子，在桃园里的是一处较新的平顶房。桃园里，四周桃树已经长有一个成人一般高了，桃花艳红，草色青青，真是休闲的好地方。从平房到泡浴的地方，有一条用鹅卵石铺成的小道，老赖皮在小道两侧种上一些小花小草，颇有些诗意。

我母亲并不是爱上这个老赖皮，而是看上他嘴上牢靠，办事稳妥。最初认得他的时候，曾给她非常好的印象。在凡城，这个老赖皮经营一家正规饭馆，雇了一个经理和几个工仔。作为红娘，我母亲带过来的妹子在没有找到合适的对象时，都会在老赖皮的饭馆里做一段时间临时工，包吃包住，当然，没有工资。

老赖皮做菜有一手，每餐都会给她做几样可心的菜：香菇炒鸡肉、西芹炒牛肉、香煎河鱼等，比餐馆的厨师做得还好。在和我母亲交往之前，老赖皮一个人住。他养有一条狗，一条忠诚的纯黑的狗。这狗大约也知道我母亲和它的主人关系特殊，她一到温泉，便讨好地在水池边守候。

来到这里泡温泉，我母亲觉得像一皇后，虽然她知道自己相貌长得不好看，但她身体是白的、滑的，令老赖皮贪恋不已。那是一个充满愉悦和幸福的时间：无人打扰，身体放松，说话自由。

和老赖皮在一起要费一点体力，但那是一件愉快的事情。当泡完温泉后进入老赖皮的房间时，这里面就是另一个世界了。淡淡的粉色的墙，墙顶淡蓝，一盏橘红色的吊灯，温馨而暧昧。这让我母亲想到当年开按摩美容美发一条街的黄科长，虽然，黄科长后来又一次因涉黑进了监狱，但好歹她与他做过爱，还取得他的信任，骗了他不少钱。

我母亲记得第一次和老赖皮在这个房间做的时候，外面正下着雨。外面是雨声伴着春雷嗡鸣，里面是老赖皮的嘶喊声，似乎全世界都要塌陷了。我母亲当然也会配合他、刺激他。她大声喘气，用嘴堵住他的嘴，舌头卷着他的舌头，从鼻腔里呜呜呜地发出困兽一样的声音。也就三十分钟的样子，老赖皮便瘫在床上了。

老赖皮身体不错，有结实肌肉，有细而有力的公狗腰。虽然五十多岁了，但比起那些靠吃药或涂什么"泰国神油"才能支撑的老家伙，战斗力还算可以，他往往是休息半个钟头又能再战一个回合。

我母亲到三十五岁以后才真正喜欢做爱。从被刘抗美骗去贞操到三十五岁，她的性爱史和她的生活一样，过得一团糟糕：有时候饥渴难耐，有时候可有可无；有时候无比欣喜，有时候厌恶万分。有些有妇之夫很久没有外遇，会在我母亲那里浅尝辄止；有些鳏夫想长期占有，会竭尽所能讨好我母亲，但总会遭到算计，然后我母亲就消失得无影无踪。

20. 润滑油

我母亲那段时间活动于广西范围内的各个城市。她通过种种办法做了十几张身份证，相片是其本尊，年龄有所区别，姓名有凡一梅、李欣、黄玲、刘婷、覃娇娇等等。这都是为了方便做红娘。总有一些有钱人家的超龄男人找不到老婆，而从边境那边过来的妹子几乎不用成本。所以她能够赚不少钱，当然，往返各地，开销也是不小的。那段时间，只要给出足够的利益，总能办成许多事情（没有人跟钱过意不去）。

我母亲到过一个叫西家镇的地方。那时候她已经和刘志明合伙做生意了。他们搭着从南宁到县城的大巴，再乘坐从县城到镇上的班车，用了整整一天时间。

刘志明到过这个古镇。一路上他嘴里不停地讲这个古镇的历史，似乎他就出生在这里。事实上他是边境县城的居民，认识我母亲后一边做生意一边寻找他多年前被人拐走的妹妹。"我到过西家镇好多次了。"刘志明说，"那里人傻钱多，好骗。"

我母亲没有盲目相信刘志明。她见过太多因一时疏忽而被送进监狱的例子。下车后她要刘志明低调行事，到一家偏僻的旅舍登记住宿，用的都是假名假姓。刘志明年纪虽然比我母亲小，但并非傻子，因为他在县城读过高中，在省城读过大专。刘志明的老家也是在边境线上，但比那征村要偏僻得多，幸亏他毕业那年国家还包分配，在县城当一名初中老师，这才有县城的户口。但他不甘心领那份死工资，在那几年下海大潮中辞去了教书工作，开始是做卖猪肉、贩野生动物等生意，认识我母亲那年他和两个老板合伙承包一家饭店。

刘志明家里穷，早年为了供他读书，父母只能牺牲弟妹的上学权，举全家之力支持他，希望他能够出人头地。在他读大专二年级的时候，父母为了给他凑学费，导致刚满十六岁的没读过小学三年级的小妹被人贩子用三百块钱拐了去，不知所终。从他知道小妹被拐的那一天起，就发誓一定为父母找回小妹。可这么多年过去了，小妹的下落杳无音信。他知道如果没有足够的钱，出去找被拐到某城某县的小妹就是一件空谈的事情，为此他决定下海做生意。但他与人合伙做生意没有大的资金，占股比例很小，大多数情况是给大老板跑跑腿，勉强混口饭吃。与我母亲认识后，他的生意迎来了转机，因为同是来自边境山村，两人合作得相对愉快，分工也清楚，分赃也很合理。刘志明喊我母亲叫姐，两人的关系属于比较铁的那种。

　　这是一笔两万元的生意，涉及两个姑娘。我母亲一定亲自出马，不能有差错。到西家镇的第二天，她来到派出所，找到所长办公室。她已经了解派出所有三个人，一名所长、一名干警、一名户籍管理员。她准备了三个信封，一个装有两千块钱，另两个各装一千块钱。

　　我母亲在边境和内地之间跋涉，身上都会带着上万元的现金。她在边境县内出了户籍证明，在内地还得给姑娘入好户，这都需要钱。待办妥户籍的一切手续，她带来的姑娘就能安定地在西家镇生活了。同时，她和刘志明也能收获他们该得的钱。

　　我母亲喜欢把钱想象为一种润滑剂。而人与人之间就像一台机器里相互咬噬的齿轮，如果不放润滑油，齿轮就磨合不上，机器就不能运转。有时候她想，她自己何尝不也是一种润滑油呢，无论是熟悉的或陌生的机器，经她润滑，机器就会重获生机。乡镇派出所的工作生活其实是单调无聊的，她非常理解他们的烦躁。她请派出所包括所长在内的三名警察在镇上最好的餐馆吃饭，叫刘志明陪他们喝酒。她给他们上润滑油，这都是我母亲屡试不爽的套路。

　　润滑油再次发挥了作用，它以强大的力量推动着事情向良好的方向发展。我母亲通过它把西家镇派出所这台机器润活了。所长说，谢谢你帮我们西家镇解决了单身汉的终身大事。所长对刘志明的态度也因为我母亲的润滑油而改变，他对刘志明说："你让我们查找刘永娟的户籍，全镇共有三人叫这个名字，但并不是你所找的人，她们有两人年龄在十岁以下，一个超过了五十岁。"之前刘志明不知听谁说妹妹刘永娟被拐到西家镇，害他跑来这里几趟（当然，他来这里同时兼顾帮我母亲找买家的工作），也去派出所要求查找相关户籍，但所长之前对他总是摆出爱搭不理的冰冷面孔。

这就是润滑油神奇之处。两千块钱，当年相当于所长半年的工资。

21. 沉默寡言的老 K

在凡城的时候，刘志明找过我母亲。那是他带一个三岁男孩给我母亲时被家长追踪，家长报了案。"这是我弟弟，谈恋爱搞三角恋被几个姑娘追着嫁给他。"我母亲对老赖皮说，"让他到你桃花村去躲一段时间。"老赖皮深信不疑，说："住一辈子都没有问题，你不娶她们，不是还有桃花村的姑娘可以娶的嘛，每年春节的时候姑娘们都会回来的。"我母亲为这事给老赖皮三千块钱。

有许多像桃花村一样隐秘的山村。只要你进入其中，很多人就不会找到你。村里只有小学生和上了年纪的老人，没有年轻人。村庄的田边地头有些牛马在吃草，村里的泥路上有些猪鸡鸭狗在悠闲地踱步。村里的人对一个陌生人进入村庄，或许只是瞥你一眼，但很快就会埋头做他们正在做的事情。村头的树下，偶尔会坐着一个退休老头，他在那里打瞌睡，或许还做梦，梦见年轻时遇见的某个女人或某一场酒局。

老赖皮把刘志明安顿在桃花村中他那间老房子里。老房子住着他的堂叔，老赖皮让刘志明喊堂叔叫老 K。"你让老 K 叫我小明吧。"刘志明对老赖皮说，"我可以帮他做点工，我什么活都会干。"

"我来介绍一下我这位堂叔，"老赖皮说，"老 K 可是上过朝鲜战场的老兵。只是文化程度低，回村后当过生产队长，粉碎'四人帮'后村里都分田到户了，他这个队长就没有什么当头。再后来，一场台风把他的老房子吹倒了。然后我在承包的桃园地起了新房，这旧房就让给他住。

"我觉得他会喜欢你的。你们都是单身。

"老 K 单身是因为上战场时被打掉了下面的命根。他没受伤前可是个生猛的男人。没了传宗接代的根，女人就跟他离了婚。他现在是孤寡老人，但身体还算强壮，能干活养活自己。

"他每天晚上会喝酒，你如果也能喝，陪他喝喝酒，他就会把上战场杀敌的故事跟你讲——那可是惊天动地的英雄事迹，而且也是真实的故事。你可以在他身上见到刀疤、子弹眼。"

我母亲在一边道："我们还见过人引炸地雷呢。"

老赖皮问："你在哪见过？"

我母亲突然意识到自己失言，赶紧噤声。她差一点就把自己在边境县那征村的住址给暴露了。刘志明掩饰说："我姐是以前看电影《地雷战》看多了。"

我母亲岔开话题："老 K 早年应该领养一个孩子，不然以后干不了活谁来照顾他？"

老赖皮家里的一间房，放着许多还能用的老物品：一台飞人牌缝纫机、一辆上海凤凰牌自行车、一台天津产的北京牌黑白电视机，墙上挂着一支工字牌气枪。墙上贴有刘晓庆、龚雪、张瑜三个影星的宣传画，还有一个装着老赖皮各时期的大大小小、或黑白或涂彩相片的大相框。影星们看上去非常漂亮，充满二十世纪八十年代的风格。"小明你就在这里睡吧。"老赖皮指着房间周围说，"不过可别搞乱我的东西。"

我母亲去过几次老赖皮旧房子，老 K 对她是熟悉的。那张床铺，我母亲和老赖皮睡过一次。床边的桌上，放着的那一盒老上海牌蛤蜊油还是她留下的。那次做爱有些尴尬，老赖皮要抵临高潮的时候，我母亲听见房门那头有些响动。房门似乎没关实，被人推开一道缝，她假装没有看见，但停止了呻叫，而老赖皮却在这个时候瘫了下来。当她再次望向那边时，房门却已经合上了。这让她怀疑刚才听到和看到的或许是一种幻觉。从此我母亲再也不和老赖皮在这个房间里做爱了。后来，她和老赖皮回老房子来看老 K，老 K 都不敢和她正视。

刘志明在桃花村待了一段时间，果真没有人去找他。我母亲问刘志明老 K 是不是给他讲上战场的故事？刘志明说："老赖皮骗人，老 K 哪有什么故事？他就是个沉默寡言的人！"

第八章

22. 我

十月怀胎，我在母亲的子宫里备受折磨。她的民办老师工作刚刚开始两年，如果没有结婚就挺着个大肚子去学校，不说转为公办老师，连上课的机会可能都没有了。伤风败俗，生活作风问题，这些风言风语会像海水一样把她给淹没的。最初，她用布条缠绑住肚子，穿宽松的衣服。后来实在是掩饰不住了，才去找大队支书。"刘抗美这个大骗子，我该怎么办啊。"她哭诉道，"就算是我已经结婚，嫁给他了行吗？……书记啊，你只要让我上课就行。"

我母亲本来就长得不咋样，加上脸上的妊娠斑，老支书都不愿多看一眼。"证呢？结婚证呢？"老支书说，"不是我说你结婚你就是结婚呀，那征村这么多年没出过一个未婚先孕的，我如何保得了你呀……"

"我错了、我错了，再给我一次机会吧！"

"我说了不算啊。"老支书说，"教育站那边已经发话，为人师表不能出这种事情的。"

"你是优秀教师苗子，可你犯了不该犯的错。"老支书叹了一口气说，"回去跟养父母商量如何处理肚子里的孩子吧。"

…………

我母亲的养父母目睹一个小生命从出生到死亡的过程，这是真的。我从我母亲的身体出来仅有三天的生命。

那个年代，婴儿不正常死亡不在少数。有客观的，也有主观的。

因新生儿患肺炎和先天性心脏病，导致死亡；因先天性畸形和因紫绀或心脏衰竭等导致死亡的，这是客观的自然的。在那征村，这些死婴都会被用一团烂布包裹着丢弃在硬头黄竹根下。

因初为人母把婴儿包裹得严严实实而窒息死亡的；因重男轻女的传统观念影响，家里不想养个"赔钱货"（女婴）而被悄悄掐死在襁褓中的；因服错药或因接生婆接生事故而导致死亡的……这些是主观的非自然的。在那征村，这些死婴也会被一团烂布包裹着丢弃在硬头黄竹根下。

我是由于先天性心脏发育异常而引起的新生儿呼吸窘迫综合征而亡。但是我的灵魂附在了我母亲身上，我能看到我母亲的前世今生。是的，就算一生短暂，哪怕我没有出生就胎死腹中，我的灵魂也要紧随母亲。

那些被抛弃在硬头黄竹下的死婴，它们的灵魂会飘浮在空中。如何处理不足五斤重的尸骸，我母亲的养父母说，按那征村的习惯，放在硬头黄竹下面吧。

"不，不能。"我母亲用虚弱疲惫的目光看着养父母，"求你们了，让他入土，埋在村头那棵老木棉树下。"

在我还没有出生的时候，我母亲确实想胎儿一出来就掐死。可看到赤裸着的、透着血水腥味儿的男婴从她身体里分离出来的时候，她打消了这个念头。

"哦，坏东西，"她抱着婴儿对养母说，"他就叫刘梵贻吧，我能把他养大。"

只可惜，这个叫作刘梵贻的婴儿还在胎内的时候就因被外力所束缚，不能正常成长，出生的第三天便停止了呼吸。那一刻，失去婴儿的痛感如同一记重锤砸在我母亲心上。

多年以后，当我母亲到监狱里看到刘志明痛哭流涕的样子，那阵重锤砸心的痛感突然重现。

"我真后悔做了那么多不人道的事情，"刘志明说，"我会努力改造，救赎扭曲的灵魂。"

痛感就是在那一刻重现的。在会见室里，我母亲撑住桌子。灯光亮着，有点惨白。我母亲跌坐在椅子上，说："从今以后，我不做生意了。"

刘志明说："我找见了我妹刘永娟。你知道她在哪里吗？"

"不知道。"我母亲一边捂住心口，一边甩甩头，努力将浮现在她脑际的苍白的死婴甩掉。

"买她的是一个自小就患小儿麻痹症的残疾人，在山西那边的一个小镇里。我见她的时候，她面容憔悴。她说她认命了，不跟我回来了。她已经和那个残疾人生养了三个孩子。"

痛感强烈。那年春天，那征村那棵老木棉的花儿开得特别浓烈。

"看着她和矮小的残疾丈夫，还有三个像从土堆里钻出来的孩子，我像只木鸡一样站在窑洞前。我妹对我说，你回去吧，就当这个世上没有刘永娟这个人。"刘志明自顾自说。

23. 又见蓉美

归春河上游的瀑布早就变成了著名的旅游景点，镇上来旅游的人熙熙攘攘，邻近的山村也都被一些老板打造成民宿及小景点。那征村也被纳入一个国家级湿地公园进行打造。有一天，我母亲到镇上买生活用品，遇到了从边境那边过来赶集的蓉美。蓉美从边贸点过来，戴个笠帽，背个竹编的背兜，背兜里有个孩子。孩子看起来有一岁多，肤色白皙，见到我母亲和蓉美打招呼，从背兜里探出个头来，看起来有些滑稽。

"你还干这个行当啊？"我母亲问蓉美。

"不是，这是我的小孙子。"她说。

孩子突然伸出一只手抓住蓉美的头发，一下一下地扯了又扯。"哎唷，这个小顽皮！"蓉美笑着用手绕过肩头，摸了摸孩子的头，像抚摸一件易碎的玻璃物件。

我母亲说："蓉美，你好久没有到那征村看看你舅舅和舅妈了。"吉红在县糖厂工作一段时间后，嫁给凡城籍的销售科长。后来销售科长辞职出来做糖的生意，发财后带着吉红回到了凡城。远在凡城的吉红很少有时间回来看望父母，倒是我母亲时不时去看看他们。吉红原本是有哥嫂在家照顾父母的，但有一年她哥出车祸死了，嫂子带着孩子改嫁，二老现在在村里吃低保。

吉红的父母就是蓉美的舅舅和舅妈。

"是的，应该去看看他们。"蓉美说，"带着我的小孙子。"

蓉美在镇上的一家商店买了一些营养品，在街头买了水果。我母亲叫了一辆停在景区门口的出租车（从镇里到那征村已经修通了柏油路）。算起来，我母亲和蓉美已经有六七年没有见面了，她们曾经是生意上的合作伙伴，因了刘志明入狱，我母亲金盆洗手，便没有到那边去找蓉美。车子开出五公里就开始进入湿地公园的区域。大老板刚刚进行前期投资，一些基础设施开始动工，架势应该是拉得很大，估计得几年的时间才能完成工程。

蓉美的小孙子在车上竟然睡着了。出租车司机播放很轻的音乐，很适合我母亲和蓉美有一搭没一搭的对话。对话的内容大多是回忆的。蓉美说，那边村里的年轻妹仔也少了，大多外出务工了，她也好多年没有做红娘了。蓉美最后介绍两个妹仔过来要追溯到五年前，可这两个妹仔不到两个月又跑回去了。"算是以失败告终，"蓉美说，"也可能是上了年纪，不适合干这个活了。"

到那征村口，已经是中午时分。春天的阳光暄软，像有一团温和的棉絮覆盖村庄。"你们村变化真大啊，"蓉美说，"比我们那边好多了。"

吉红的父母在屋前晒太阳。他们都很老了，但还记得蓉美。"你有孙子了，我们吉红也有孙子了。"吉红的父亲对蓉美说。

吃饭后，我母亲和蓉美来到榕树下，和榕树对视的依然是那征河对面的那棵老木棉。老木棉下，有我母亲几十年的记忆：梵贻。"要是孩子活着，我现在也该有孙了。"我母亲对蓉美说。

"不过也没有什么遗憾的，"我母亲又说，"我有干儿子和干女儿十个，他们对我挺好的。"

有一阵风吹来，我母亲抱起蓉美的孙子。望着远处殷红的木棉花，我母亲的眼里蓄着一汪泪水。

琴声悠扬

第1章　瀑姆村

这个叫瀑姆的山村就卧在左江边，村后有起伏的群山。说是群山，其实这附近的山并不高，但往后延伸，就属南方十万大山余脉了，那山叫大青山。大青山上有密布的丛林，有古树枯藤，显出十分苍劲的样子。

瀑姆村有许多条路通往群山。山路像一条条藤蔓爬进山里，有长有短，长的通往另一座村庄，短的就消失在某个小山坡上，那是砍柴人临时踩出的路。山路上偶尔会有些人，肩挑背驮的，他们远看像山鼠或是山羊之类的，在盘山路径或隐或现。

我们偶尔也会像山鼠或山羊走在盘山路上。我说的"我们"是指我的父亲和我姐姐。我父亲叫农大轩，是个仙琴制作师。我姐姐叫农先琴，他们说她有一股仙气，有时候就直接叫她仙琴。我叫农先林，不知道为什么，他们都叫我农先癞，说我是瀑姆村的癞头狗。

我姐姐农先琴在十二岁的时候发了一次高烧。退烧后她把父亲很少示人的一把仙琴弹得出神入化。我上初中的时候，头上已经不长脓癞了，我偷偷问过父亲有关姐姐农先琴发高烧后突然成为小天婆的事情。我担心地问父亲，他们说农先琴是小天婆，小天婆还能嫁人家吗？父亲在我的屁股上拍了一巴掌，说你这个小赤佬怎么就这么咒你姐姐？放心好了你姐姐这么漂亮不会嫁不出去的。

父亲说，你可不要乱传你姐的事，巫术是迷信的东西，成仙的人是要被批斗的。"出了瀑姆村打死也不能说你姐的事，知道吗？"父亲又补充道。

多年前瀑姆村不少人靠着巫术和仙琴制作收入补充生活来源，只是后来有所衰落，仙琴、铃铛被没收得所剩无几。我父亲农大轩也有好几年没有接到做仙琴的活儿了。但我知道父亲把一把琴筒用葫芦壳制成的"浪鼎叮"藏了下来。

我父亲是仙琴制作师。天琴文化传承人——这是多年以后省级文化部门授予他国家级非物质文化遗产传承的称号。我父亲从爷爷那里接过仙琴制作衣钵。爷爷那一辈在做好仙琴后十分讲究授琴的仪式。授琴需要天婆在天没亮就到山泉取来净水，摆上神台，画上神符，然后才能从琴师那里接过仙琴。仙琴在瀑姆村是至高无上的器物，它始终被摆放在不曾断过香火的神台上，只有天婆在"跳天"时才能使用。

我父亲农大轩读书不多，据他自己说读到高小没有毕业就被爷爷拉去学做仙琴。虽然读书不多，但他在左江河畔一带制作仙琴的手艺还是颇有名气。瀑姆村不远就是尚金镇，从尚金镇往北走二十公里就是龙州城。

在我十岁之前，我能见到天婆"跳天"的机会并不多。那年的暑假我姐姐恰是小学五年级毕业，瀑姆村中那位年事已高的天婆——葵婆婆看到高烧之后的农先琴脸色绯红，像喝醉了酒似的；农先琴有两个小时被仙姑附身，她舞之蹈之，身体像仙女一样轻盈；她口中念念有词，比唱歌还好听；她弹奏的仙琴美妙无比，已经达到物我两忘、琴人合一的境界。葵婆婆高叹一声，说："我有接班人了！"

这是我十岁之前看到的一次"跳天"。

小学毕业后，农先琴在尚金镇读三年初中。这三年里，我父亲农大轩生活非常拮据；农大轩的脚有些跛，为此他在生产队所获的工分永远是二等的，二等的工分折合成人民币就是一天两毛钱。按照这种折算，农大轩根本就没办法养活我和我姐姐。

我隐隐听说，有一个女人暗中支持农大轩。我和姐姐农先琴无法相信这种说法。但现实是，父亲农大轩每周给足在尚金镇读初中的农先琴两块钱，并且还能养活在瀑姆村读小学的我——头上长满癫痫的农先林；并且还能有钱买西林油和硫磺软膏给我治疗头上好像永远都治不好的癫痫。那个女人是谁？我们都不知道。但我们能肯定，那个女人绝不会是我们的母亲。

第2章 童年

我没有见过我母亲。我姐姐农先琴见过，但她没有办法描述母亲的形象。农先琴说，我们的母亲在监狱里。而农大轩却说，你们的母亲去了远方。

我的童年抹不掉西林油和硫磺软膏的味道。农大轩经常骂我小赤佬，说我是个头上长癞痢的小赤佬。为了治好癞痢，他没少带我到镇卫生院去打针，打青霉素油剂，也就是我们俗称的西林油。为了不让癞痢流脓，农大轩久不久要在我头上涂上硫磺软膏。西林油和硫磺软膏这两种药混合在我身上，便会散发出一种奇怪而难闻的味道。村民总是离我很远，还窃窃私语。他们的话语我是听得到的，他们说我是个头上流脓的家伙。

那时候的人们好像特别容易激动。生产队长动不动就用村头的高音喇叭叫村民集中，并且播放铿锵有力的音乐。那时候一天二十四个小时好像都不够用，生产队总有做不完的工，白天做，晚上也在做，可又好像什么都没有做。那时候人们看到最多的标语是工业学大庆、农业学大寨，以及实现四个现代化；那时候镇上的书记和大队支书、民兵营长都牛×哄哄。

上了初中，我头上的癞痢突然就好了，而且头发长得十分茂密。头发长好后我已经学会规划自己的人生。我觉得，我长大以后会当上一名解放军战士，复员转业后到尚金镇当一名干部。而我为什么选择回尚金镇？我自己也说不清道不明。我姐姐农先琴在仙姑附体的时候给我占了一卦，说我考不上大学，却能当干部。后来我认真推敲这一卦的含义，推断如果我考不上大学却能当干部也只有当兵提干这一条路径可以走。而我选择回到尚金镇是因为除了尚金镇，我在其他地方没有什么亲人可以帮助我；而龙州县城，我更是想都没有想过。

我刚上初中那会儿，尚金镇开进一支部队。部队在尚金中学宿营两个晚上。一辆辆军车坐着荷枪实弹的解放军战士，他们纪律严明，却分给我们从未见过的压缩饼干。尚金镇是靠近边境的，左江河部分支流的源头就在别的国家那里。那时候尚金镇上的人们都传说要打仗了。

这就更加坚定我当兵的决心。

我的人生规划是这样的：我十六岁要上龙州高中，要是上不了龙州高中，上别的低等级的附中也行，龙州高中学制三年，别的附中学制两年，那我高中毕业后也就是十八岁或十九岁了，这正是参军的年龄。我参军要到哪里去呢？南宁？广州？海南？都行吧，我们瀑姆村有一个人还到遥远的沈阳去呢。不过那个人是村支书的儿子，是根正苗红的贫下中农。我呢，虽然也是贫下中农，但没有当支书的爹，沈阳不去也罢。我在部队要努力学习，勤奋训练，向雷锋同志学习，做更多的好事，争取在部队里提干，即便提不了干，也要干足八年，获得部队转业的名额。那时我应该有二十六七岁了，到那个时候我再谈恋爱、结婚，在尚金镇娶个老师或护士做老婆。我笃信这就是我的人生轨迹，它是我的小天婆姐姐农先琴在仙姑附体的时候给我占卦算出来的。

到那个时候，我就是尚金镇响当当的一名干部。

可是现实生活并没有如仙姑给我所占的卦去走——后来我并没有参军，而是读上了高中，考上了艺术学院，成为县里文化馆的一名艺术创作人员。

第3章　"扶乱"

从瀑姆村到尚金镇，要用一个多小时。我们要从黄老汉的渡船过左江河，然后在田塍小路行走大约四十分钟，才能到达尚金镇。左江河从西边拐过一座山就来到我们瀑姆村了，这座山有些特别，外面来的人都把这座山叫花山，只有我们瀑姆村的人叫岜莱山。岜莱山临江矗着一面高而宽阔的岩壁，黄老汉的渡船就从岩壁下经过，划向对岸。高而宽阔的岩壁上有用赭红色的颜料涂绘奇奇怪怪的画，有人、马、狗、刀、剑、铜鼓和羊角钮钟等，还有一些祭祀场面。左江河对岸被黄老汉辟了一个码头，从江边往上砌了十几级石阶。上了石阶之后左边有一块空地，空地有一棵不说千年也有几百年的大榕树供人避荫歇息，榕树下有一块石碑对着河对面的岩壁画，石碑上刻着一个"乩"字。石碑年代久远，"乩"字已经有些模糊。石碑前的泥地上常插着残余的香梗。

如果不渡船也可以，沿河往西，绕过岜莱山，走过那驳村和那陆村，再走过上渣大桥就到了鸭水电站，在电站的拦河坝边有一个候车亭，在那里搭班车二十分钟就可以到尚金镇，这要比走渡船多四十分钟的行程。

农先琴说，我们的母亲在鹿寨县中渡镇。"我六岁的时候她就去那里了，"农先琴肯定地说，"我记得很清楚，当时她被警察带走的时候眼睛都哭红了。那时你才四岁，还小，当然不懂事！"根据她的描述，我们的母亲是鸭水电站的工人，她嫁给父亲的时候已经在电站里当了两年发电运行技术工人，后来因为一次操作失误致使两人死亡，所以被判刑了。"我们的母亲很漂亮！"农先琴说。农先琴是从农梅红的母亲那里零零星星知道我们母亲信息的。我们母亲是一位来自龙州县城非农业户口的姑娘，农大轩在尚金木器厂做琴的时候谈上了她。农先琴是他们结婚一年后的产物，两年后他们又生下了我。四年后她就在电站里出了事，她的失误让两个人的生命画上句号，因此被判了重罪。我对她印象不深，也不想她，但我觉得农先琴是非常想念她的。有时候放学后我们在瀑姆小学操场玩游戏，农先琴会忽然不说话，一个人离开农先花和农梅红，默默回家。这时候我就知道她想念母亲了，就会乖乖跟在她后面。

在我小学三年级、农先琴五年级那年，我们学会模仿天婆做一种叫"扶乩"的游戏。我们找来一个簸箕，在一个僻静的地方摆开架势学习占卜算卦。我们在簸箕里铺上一层细沙，簸箕上方架上丁字形的木架，架子上吊一根 Y 字形的棍儿（乩），由农先琴充当正鸾，农先花充当副鸾，两个人各自握住棍儿（乩）的两个叉端（乩架），我则在一旁拿笔准备记录沙盘上由神明画出的指示。农先琴闭上眼睛，手按簸箕，开始请教大仙事情。只见农先琴口中念念有词，不久簸箕震颤，乩笔开始在字盘上滑动。这时，农梅红充当问官。

农梅红问："你是人是鬼?"

农先琴答："我不是人也不是鬼，我是神。"

问："什么神?"

答："药神!"（有时是医神）

问："你现在住哪里?"

答："南宁。"（有时说龙州）

问："你找神仙什么事?"

答："治病。"

问："什么病?"

答："癫痢头。"

此时乩笔频频乱颤，并不时在簸箕沙面上移动。

玩完"扶乩"后，我们几个人对着乩语想了半天也想不出所以然来。农先花读过的书比我们多，她说，这么多句乩语，我只看懂"头疮难医得靠灰"这一句。后来她们用香灰当"仙药"生生涂在我的癫痢头上。那天回家的路上，老天忽然下了一场雨，把我们淋了个透透的。

到家后，农先琴感觉十分不舒服，脖子上长出一串晶莹的泡泡，然后发了三天烧。这三天，她没有进一粒米，嘴里叽叽咕咕说个不停，我们都不知道她说些什么。第四天，农先琴无师自通把父亲农大轩偷藏在屋顶阁栏上的"浪鼎叮"拿下来，在家门前的凉台上弹得有模有样。

一周以后农先琴退烧了，她显得比原来消瘦一点，而我的癫痢头并没有好，显然"仙药"没有起到什么作用。这时候，农先琴、农先花、农梅红她们就要初中考试了。考完试，暑假就要到了。

第4章　尚金中学

　　我头上的最后一块疤就要掉下来了，但它还扯着皮肉，我不能生生把它扯下来，那样的话它会流血，会产生新的伤疤。它旁边的新的嫩嫩的肉皮让我奇痒无比。"农先琴，我要痒死了，"我说，"你再帮我涂一次西林油吧。"

　　"臭死了！恶心死了！"农先琴说。

　　农先琴又一次强调："农先林，要是这块疤在开学的时候还没有掉下来，我就不带你到尚金中学。丑陋死了！"

　　准备到九月了。我手上那张用蜡纸刻印出来的尚金中学入学通知书都快要被翻烂掉了，通知书上的红印泥公章已经模糊不清，可日期就是还没有走到九月一日。

　　农先花和农梅红是农先琴的死党。农先花是我堂姐，她长得有些消瘦。她戴一副近视眼镜，很深度的那种，眼镜有好多圈圈。她的肤色很白，接近于苍色的那种白。因为她的父亲——我们的伯父——农大道在尚金木器厂当厂长，所以她能上初中并不让我们感到奇怪。而农梅红就完全是靠她自己争取，她家里母亲是亲的，父亲却是继父，嗜酒如命的继父不大支持她读书，母亲也少管她，村里爱嚼舌头的人还说她母亲水性杨花。农梅红是个性子急躁的人。她穿着一件有补丁的碎花上衣，一件褪色褪得几近白色的淡蓝亚麻裤子，两边裤管膝盖处有缝成半圆形的补丁，补丁是红布，也褪成淡红了，那缝纫线密而整齐；她小农先琴半岁，却高出农先琴半个头，身材壮实，看上去就像成年人。当她在学校操场给瀑姆小学全校三十多名一到五年级学生领操时，她比农国凡老师还让我们崇敬；她的动作简洁有力，能量完全超越男生。她威胁农连娥和农建设："你们不让我读书试试？"

农连娥和农建设是农梅红的母亲和继父。

农先花和农梅红像两个一大一小卫士跟在农先琴身边。而我，在她们看来，只是个跟屁虫而已。她们对我态度的好恶取决于农先琴对我的感觉，她对我好，她俩就对我好一些；她对我厌烦，她俩就不会跟我说话，尤其是农梅红，表现得相当露骨。当农先琴对我说恶心的时候，农梅红就捂住鼻子叫我滚开，说我的癞痢头会传染给她们的。农梅红的话让我觉得她对我有歧视。

到了九月一日，父亲农大轩带着我们到尚金中学报到、交学费。说是他带我们，其实是农先琴带他和我，农大轩只是在交学费时掏腰包而已。

农先琴读初三的了，来到尚金中学由她做主是应该的。还有农先花和农梅红，她们都应该照应好刚刚上初一的弟弟。在农大轩帮我们交费后（交完费他便找堂兄农大道喝酒去了），她们几个就带我在学校走一圈。

我们来到左江边。农先花忽然对农先琴和我说："你们老爸真好。我爸从来没有送我到学校来。"

农梅红反对说："至少你们还有亲爸。我那酒鬼继父从来不管我。"

提到父亲，话题便凝重起来。农先花低下头，幽幽地说："全尚金镇的人都知道农大道离婚了。"

木器厂厂长农大道离婚的消息早就在全镇传开。消息有许多种版本，一个版本是说农大道花心，看上镇上供销社一个漂亮姑娘。另一个版本是说农大道要和一个丧偶的女教师结婚，那女教师带着一个两岁的儿子。第三个版本是说农大道突然得了一种怪病，这种病让他看到瀑姆村的女人就浑身打战。不管哪个版本，农大道离婚是事实。农先花的母亲到镇里找过农大道，农大道说三个孩子由他来抚养。这样一来，农先花还有她的两个弟弟都跟着农大道成为尚金镇的非农业人口。成为非农业户口，是瀑姆村很多人的梦想。后来还有一阵风，政府卖起非农业户口，只要交 3100 元，就可以成为非农业人口，可以在城镇里读书、就业。

这一年尚金中学来了一位叫作师朗姆的老师。我对这个叫师朗姆的老师并不怎么了解，但农先琴知道得清清楚楚。她告诉我，师朗姆是边陲地区唯一考上艺术学院的人，是省城艺术学院的高材生。他是到尚金中学来实习的，教的是音乐，他对我们这里的"鼎叮"和巫术有着浓厚的兴趣。实习期间除了教课，他还要收集许多有关"鼎叮"的资料，他在上课的时候说过，他想有一天让"鼎叮"走上更大的舞台。

有关师朗姆老师的消息大部分是农先琴从农先花那里得来的，而农先花又是从供销社那个叫何小香的女会计那儿得来的。女会计是农先花的邻居。农大道离婚后，在供销社里租了一间房让农先花和她的两个弟弟住，照顾他们的是农大道的妹妹——农先花的姑姑。农大道专门让她从村里来照料农先花姐弟仨。姑姑让农先花把何小香称为香姐。香姐是一个泼辣的女人。香姐说，师朗姆是流氓，他眼睛里的柔情蜜意是毒药。而我们都看得出，这个香姐是愿意尝试这毒药的。香姐说，全镇的女人都像飞舞的蝴蝶，想从师朗姆身上吸吮花蕊。据她说，有一天师朗姆正在上课，尚金镇最有名的美女护士刘美娜跑到教室里送花，还当着全班学生的面说师朗姆是她男朋友。香姐说，那个下贱的刘美娜还在师朗姆脸上亲了一口。

香姐把一本会计书从书桌扔到床上，说刘美娜这骚货想叫师朗姆上床呢。可是师朗姆是什么人，怎么会和这骚货谈爱呢！香姐狠狠地说。

全尚金镇的人都认为师朗姆是个流氓，应该把他送到派出所去，可是镇里的官员和学校校长却把他捧为宝，极力挽留他在尚金中学教书。香姐对农先花说，师朗姆是你们的老师，你能不能替我递封信给他呢？香姐解释说，前一阵子镇长让供销社主任传话给她，让她和师朗姆谈爱，嫁给他，然后师朗姆就能留在尚金镇了。

农先花帮香姐送过两次信，但师朗姆一封信都没有回给香姐，这样的爱情当然没有什么结果。但自从送信以后，音乐老师师朗姆开始和瀑姆村三个初三女生接触却成了理所当然的事情。这三个女生是农先琴、农先花和农梅红。

有一次师朗姆老师来我们瀑姆村，在渡船上，他让黄老汉在那面高而宽阔的岩壁前停留了许久，岩壁上画着岩画，是我们看不懂的赭红色的种种图案。

那天我们都能看到师朗姆痴迷的样子。他盯住岜莱山岩壁画时双目散发出奕奕的神采。师老师长得帅，他的颧骨微突，嘴不大不小，上下嘴唇不薄不厚。他与我们说话总是严肃认真，每当我们在课堂上搞小动作的时候，他总是大声地说："××同学，请认真听课。"我们在课堂上丝毫看不到香姐所说的流氓样子。

有一天，师朗姆对我们说，你们知道吧？辽姑屯的乜陂病重了，我得去找她，你们谁愿意跟我去辽姑屯？

辽姑屯是瀑姆村最远的一个屯，在大青山深处。辽姑屯的乜陂是我们这一带最年长的巫婆。我们都没有见过乜陂，只听村里的葵婆婆说过她的事情，说虽然乜陂上了年纪，但身体轻盈，巫术了得。现在听说她病重了，我们的师朗姆老师要带我们去看她，我们自然非常乐意。师朗姆老师是在元旦放假后说这话的，这时南方的冬天已经来临，天气微寒，细雨迷蒙。

我和农先琴、农先花、农梅红就这样有一周的时间和师朗姆老师同行。师朗姆老师让我们对家长说，跟师老师到辽姑屯采风。农梅红根本没跟家里人说，或者说她其实就是家里人，她做任何事情已经可以自己说了算。农先琴和我需要跟父亲农大轩说一下，但师朗姆老师两次到瀑姆村看"鼎叮"制作时，都跟他喝酒，农大轩已经十分信任他。农大轩说，师老师是个值得信任的人，你们可以跟他去辽姑屯。其实他巴不得我们天天都跟师朗姆老师在一起，这样他可以省下我们的生活费，还省了管教。农先花和农大道有一点难沟通，因为过了元旦就要临近春节了，这段时间镇里木器厂特别忙，人们预定做衣柜、床、木箱等等，以备春节结婚之用。农大道根本没有时间顾家，农大道的妹妹又想趁元旦期间回一趟瀑姆村，这样照顾两个弟弟的任务就要落到农先花身上了。师朗姆老师知道瀑姆村的"四人组"是不能落下一个的，尤其是那三个女将。他和农先花的姑姑说，这个元旦假期你还是在尚金镇照顾农先花的两个弟弟吧，我给你十块钱。供销社的香姐想通过农先花让师朗姆也带她去辽姑屯。何小香说，我去可以给你们做后勤工作。师朗姆坚决地说，我不能让你去，你不是我的学生！

第 5 章　飞扬乐队

　　师朗姆是九月中旬到尚金中学的。我之所以记得清楚是因为他来到的时候，校长让我们全体初一的学生站在校门口欢迎他的到来。师朗姆是被一辆北京吉普车送过来的，据说送他来的是县教育局的一个副局长。尚金中学的老师没有一个是从艺术学院毕业的，以前的音乐课都是班主任提着台三洋牌收录机放在讲台上，来回放那几曲：《挑担茶叶上北京》《草原赞歌》《红星照我去战斗》。师朗姆教学音乐和以往教我们的老师大不一样，他在五根直线上画蝌蚪，他在黑板上写：1234567，不教我们读一二三四五六七，而是教唱哆来咪发嗦拉西。

　　农先琴对师朗姆无比崇尚。我知道她那是对于音乐的崇尚。农先琴带农先花和农梅红每天都跑师朗姆的房间。有一天，农先琴要带我到师朗姆的房间。我不知道要发生什么事情，我一点都不想进他的房间，但农先琴说师老师要交代我做一件重要的事情。我想，这肯定不是什么好差事，因为一路上不少同学侧眼看着我们。快到师朗姆的房间时，农先琴放慢了脚步，一再叮嘱我，一会儿见到师老师，要放尊重一点，要挺直腰杆打起精神，同时在师老师的房间里不能说她和农先花、农梅红的坏话。概括起来，她的意思是让我不要乱说话。

　　"你是说在师老师面前我要像哑巴一样？"我问。

　　"也不能当哑巴，"她说，"可你要明白，师老师是不一样的人。"

　　"那你让我去见他干什么？"我说，"我不想见他。"

　　农先琴急了。她扯着我的衣襟，说："你一定要见师老师，你要帮我们做一件事。"

"一件事?"我问,"什么事?"

"现在还不能告诉你。"她说,"反正今天你要跟我去见他。"

"好吧。"我说。

师朗姆老师的房间和别的老师房间确实不大一样。蚊帐是雪白的,一米二的床被书籍占了三分之一。墙上挂着一把红棉牌木吉他,一把二胡,还有一把天琴——这把琴我看着眼熟,是父亲农大轩给我姐农先琴做的。窗前有一张办公桌,桌上零散放着几本音乐教材,两三沓作业本。除了一张办公椅子,房间还有两张长条凳子,一张长凳上放着一台手风琴,一台三洋牌收录音两用机,靠门的另一张长凳,现在坐着农梅红和农先花。

"我们要组建一个乐队。"师朗姆老师说,"尚金中学飞扬乐队!"

"你,农先林!"师朗姆老师指着我说,"吹笛子。"

"你们,农梅红和农先花。"他指着长凳上的两个女孩说,"架子鼓和脚踏风琴。"

"农先琴你弹仙琴,还有吉他。"他最后说。

现在我明白农先琴所说让我帮她做的事情了。我想如果是她们要拉我入伙做这种乐队,我肯定是不干的。可是,现在是音乐老师指定我吹笛子。

父亲农大轩说我吹笛子是有天分的。左江河畔,多的是竹子,农大轩在做仙琴的时候,偶尔也做笛子。每做好一支笛子,农大轩会试吹一支曲子,《春江花月夜》《扬鞭催马运粮忙》《梁祝》《苗岭的早晨》这些若干年后我进入师范学校才听说过的笛子名曲,被他演绎得优美动听。而我在看他吹奏几次之后,竟然能仿着把一些曲子吹得有模有样。

师朗姆老师把笛子递到我手上。"听说你能吹《牧民新歌》。"他说,"让我看看你的本事。"

我脸红了。我听农先琴说过,师朗姆老师是音乐全能手,什么乐器都精通。在老师面前,我这蹩脚的三脚猫功夫怎能上得了台面呢。

师朗姆的确是个与众不同的老师。他见我们有些腼腆,便从墙上取下那把吉他。"飞扬乐队以后是要走上大舞台的,你们要做到无拘无束。"他说,"我示范一曲你们熟悉的《蜗牛与黄鹂鸟》,你们要跟着哼唱。"

琴声和歌声飞出师朗姆老师的房间，引来一群男女同学的围观。师朗姆老师走出房间对围观的同学宣布："我们学校要成立飞扬乐队，飞扬乐队将亮相尚金中学明年元旦的歌咏晚会！"

尔后，师朗姆老师开始指导我们。"飞扬乐队是一支以民族乐器为主的乐队，但并不排斥西洋乐器。"师老师说，"现在我们已经有笛子、木吉他、风琴、二胡，等我到城里再买回一个架子鼓，乐队的硬件就算齐全了。"

师朗姆老师郑重其事地对我们说："我跟校长说了，尚金中学要搞一个元旦晚会，飞扬乐队要出一个压轴节目。"三个初三女生互相看了一眼，小声议论：

"我们什么曲子都没会呢。"

"只有不到两个月了，怕是时间赶不及。"

…………

"我已经看出你们具备了一些音乐知识。"师朗姆老师说，"乐队其实并不是需要技术很高的乐手，最重要的是大家要团结协作，要有持之以恒的精神！"

接下来的日子就是师朗姆老师利用课余时间和晚自习教我们学习乐器演奏。我们的练习室在一间空置的教室里。刚开始，有不少同学甚至老师都好奇地来看我们练习，当他们看到师朗姆老师为我们进行乐器弹奏示范时，每个人脸上都露出向往的神色。我知道不少同学都想跟师老师学乐器，他的一招一式都令他们着迷。两个星期过去了，飞扬乐队却还是配合不起来。在我们听来，虽然农先琴弹的吉他有了优美的旋律，我吹出来的笛声嘹亮，农先花的风琴开始有了韵味，农梅红的架子鼓也有了节奏，但合起来却都是噪音、杂音，与电视机、收录机播放出来的音乐有天壤之别。

我们的练习室在校园的东北面。秋冬时节，天气渐寒，时不时会有一股寒风刮过练习室。而我们飞扬乐队的练习也陷入瓶颈阶段。师朗姆老师让我们练习《唱支山歌给党听》，说尚金中学元旦晚会主打就是这曲子了。

事实上我们的音乐素养是非常低的。对于《唱支山歌给党听》的表现方法，我们无法从专业上达到师朗姆老师的要求。师老师说，《唱支山歌给党听》是故事片《雷锋》的插曲，这是一首深情——悲怆——激昂的"三部曲"式歌曲，情感诉求十分强烈。师老师说，这支曲子第一乐段充满觉悟和激情，第二乐段体现了新旧社会的强烈对比，第三乐段再现第一乐段的情景，把音乐推向高潮。我们是在乡村里长大的孩子，虽然上了初中，但从来没有人教授我们如何欣赏和鉴别音乐，对唤起想象力的音乐作品毫无接受能力。

有两天时间，我们几乎放弃练习。师老师要我们在训练中力求达到旋律的和谐起伏。在几次排练失败之后，师老师也急了，他吼道："你们能让这曲子的演奏形式更加丰富一点吗？"但是没有用，我们依然没有体会出热爱之情，没有在节奏、力度、速度和旋律调式上做好演奏的铺垫。这两天，我们在师老师恨铁不成钢的骂声中煎熬着，一种挫败情绪在我们四人中弥漫。

第三天，师朗姆老师让我们停止训练。他把我们召集到他房间，首先向我们道歉。他说，我知道你们从小学到现在，没有专门学过音乐，但你们都是在仙琴弹奏的氛围中长大的，这让你们比其他同学有更多的乐感，（这是我们"四人组"入选乐队的理由吗？我们确实耳濡目染过仙琴表演，有时候的确也模仿巫师唱《天谣》和弹仙琴，甚至模仿巫师做"法事"）。所以你们要自信：在尚金中学里，只有你们有能力组成乐队、组好乐队，并且完成《唱支山歌给党听》这首大家耳熟能详的歌曲的演奏。

虽然师朗姆老师说了许多宽慰我们的话，但那天放学吃饭的时候，我和农先花、农梅红还是没能从沮丧中走出来。我知道我吹笛子的弱点，在配合过程中音的高低长短强弱把握得不准，而农先花的旋律和声与吉他手农先琴还是欠缺一种默契，农梅红架子鼓的节奏在师老师不在场的情况下总是敲得迟迟疑疑，和她风风火火的性格差得天远地远。

"我不想吹笛子了。"我说，"要达到师老师的要求，真是太难了。"

农先花也说："我不学弹风琴。以后上艺术学院我要考的是美术，我要学画画。"

农梅红干脆说："我要退出飞扬乐队！"

我们三个人都知道，目前的情况只有农先琴信心十足。她坚信飞扬乐队一定能够成为尚金中学众人瞩目的一支乐队。"你们别急，"农先琴安慰我们说，"师朗姆老师说有一种全新的办法能够让乐队达到全尚金中学师生所期待的水平。师老师现在正研究这种办法。所以，我们要有耐心，明白吗？"

"能有一种办法让我们在一个多月的时间里像电台一样演奏《唱支山歌给党听》？"农梅红并不相信。

"当然能行。不过任何方法都离不开艰辛的努力，你们说对吧？"

听她这么一说，我们都沉默了。我们历来都是听农先琴的话，尤其是农梅红和农先花。在关键时刻，农先琴能给我们安全感，这一点，我们从来没有怀疑过。她告诉我们，师朗姆老师已经联系上县文工团的乐队，决定请两个主要乐手到尚金中学对飞扬乐队进行专业辅导。她对我们说，师老师私下在她面前自责，说过"或许是我的指导有问题"这样的话。"师老师是一位负责任的老师，"农先琴说，"从来没有哪位老师这样认真对待过一个学生乐队。"

第6章　晒场风波

"辽姑屯的乜陂病重了，我得去找她，你们谁愿意跟我去辽姑屯？"元旦晚会演出过后，师朗姆老师对我们"四人组"说。现在，师朗姆老师已经成为我们的主心骨，他说什么，我们都会拥护。

元旦晚会上飞扬乐队演奏的《唱支山歌给党听》表现出色，得到校长的表扬，也得到老师和同学们的肯定。为此师朗姆老师给校长请假时说，飞扬乐队一段时间来训练非常辛苦，我要带他们到乡野去采风，放松放松。校长已经认定师朗姆老师是尚金中学一宝，对他的要求自然不会不答应。

师朗姆老师的计划是，星期一到我们瀑姆村，走访几位仙婆，看她们跳天。星期二出发前往辽姑屯，从瀑姆村到辽姑屯，要经过那汪屯、那蒙屯，我们在那蒙屯住一晚，星期二正是那蒙屯的侬垌节。星期三要到辽姑屯，因为听说最年长的巫师乜陂患了重病，师朗姆老师出发前准备了一些西药，以备急用。

辽姑屯地处大青山深处，是瀑姆村最远的一个屯。到了辽姑屯，就没有再往前走的山路了。辽姑屯的乜陂是我们这一带名气最大的巫师。

我们都没有见过乜陂。可是如果想吓唬某个小孩，我们就会说，你再不听话，我就叫乜陂把你抓去。"乜陂的巫术十分了得，"农先琴说，"她可以让你生不如死。"

那天我们回到瀑姆村的时候，发生了一起意外事件。师老师一到村里就急急去找我父亲农大轩，要他联系村里的几个仙婆做表演的准备。而我们"四人组"则闲着无聊，来到生产队的晒场上。在晒场上，一群四五年级样子的小学生在玩打尺。他们玩得正酣，一不留神一只木尺飞到离我不远的地上。我走过去一脚踢飞木尺。这时一个鼻涕要吊到下巴的傻大个子一下冲到我前面，气咻咻的样子。我知道他的名字叫农大宝，是村里有名的大傻。我拧过他的胳膊，把他按倒在地。正当我摁住他的脑袋要在泥土里擦他的鼻子时，农先琴过来了，叫我住手。

"他们打尺碍你什么事呢？"农先琴对我说。

"都怪他，打到我脚下，"我说，"而且我今天心情很不好！"

"不就是师老师说你两句嘛，"农先琴说，"他又没有骂你，你至于冲这个傻家伙出气吗?!"

我松开了这个叫大宝的傻家伙。他坐在地上，两眼红通通。天气快入冬了，露天晒场时不时刮一下风，显得特别冷，大宝的鼻子被冻得流出长长的鼻涕。鼻涕吊得老长，他不得不用一只袖子抹了一下，再抹到裤腿上。大宝的裤子是一条粗布棉裤，可能是因为打尺常跪在地上，裤子的膝盖处磨出了一个大洞。我向他吐了一口痰，又跺了跺脚，示意他快点滚。

大宝没有理会我的意图，而是站起来盯着我和农先琴。他的拳头半握着，好似随时要向我们发出进攻。"看什么看，"我说，"我们要去辽姑屯找乜陂，再不走乜陂就现身把你抓走！"

"呸！你以为我不知道？"大宝说，"乜陂要死了！"

"你胡说！"农先琴突然生气了，她涨红着脸指着大宝说，"你再敢说一遍乜陂要死，看我怎么收拾你！"

大宝歪着脖子说："我就说，就说……乜陂要死了！乜——陂——要——死——了！"

农先琴冲到大宝面前，举手就扇了两巴掌。"啪啪"两声便回响在晒场空中。耳光清脆而响亮，让周围的人呆愣住了，也让我呆愣住了——刚刚，她还在维护着这个邋遢鬼农大宝，让我不要打他，而现在，她直接就甩了他两记耳光。

农大宝此刻看上去好像是冬天里一只可怜的小鹿。他的眼睛储蓄着一汪一触即发的泪水，像清早芭蕉叶上承接了过多晨露的水珠，欲滚欲滴。我走过去推了他一把，说，还不快滚远一点。

农大宝脸色红了又白，白了又红。他突然"哇"的一声大哭起来，顺势在地上滚起来。"我要死了……呜呜……要死了、要死了……呜呜……"他边滚边哭边说。和农大宝一起打尺的人都围了过来，不过他们都是小学生，不敢对我们几个初中大人有所冒犯。他们围观在地上滚来滚去的农大宝。

农先琴恼羞成怒。她指着农大宝，对农梅红和农先花说："你们，把他架起来，不信我抽不烂他屁股！"

农梅红冲向前去，她把农大宝从地上拎起来。而农先花则跑到晒场边，找到一根竹棍。

农大宝止住了哭声，他惊恐地看着一步步走近的农先琴。

农先琴接过农先花手中的竹棍。农大宝挣扎着想逃出农梅红的控制，可他憋红了脸也挣脱不了农梅红的双手。这双手原本就有力气，再加上拼命练习了两个月的架子鼓，力道更加不同凡响。毫不夸张地说，如果前面有一只大鼓，农梅红完全有可能把农大宝当成鼓棒抡起来，敲出响彻整个瀑姆村的如雷的鼓声。

看到农先琴举起竹棍，农大宝突然发出裂帛似的尖叫："救命啊——"

周围没有一个大人。原本围观的小学生们都退到了晒场边上，胆怯地看着我们收拾农大宝。农先琴没有落下竹棍。她突然改变主意，对农先花说："把你的剪刀给我。"

农先琴知道农先花身上时常带着一把剪刀。从初一开始，农先花不知为什么忽然迷上剪纸，只要一有空闲，必定从书包里拿出剪刀和旧报纸，对着某个物件进行裁剪。

农先花问："你要干什么？"

农先琴说："我要剪下他的头发。"

我突然明白了农先琴的意图。小时候，我就听大人流传，说如果一个巫师想要加害某人，便剪下那个人的头发，吐上涎沫，用一张树叶包住头发，再放进线织的布袋里，结扎起来，施行一定的魔术后埋藏地下，此人就会在二十天内憔悴、病弱，直至死亡——除非有人能及时发现并掘出那些埋藏的头发等东西，那巫法便失去效力，生命才会得救。

农大宝见农先琴的竹棍没有落下来，便停止叫嚷。可他好像没有明白农先琴要置他于死地的意思。如果就为一句话让一个人死去，那农先琴也真是做得太过分了。这一刻，我觉得这个农大宝好可怜。

我上前对农先琴说："他就是诅咒而已，哪有能力让乜陂死去呢？"

农先琴白了我一眼，说："你以为我真有那么高的'法术'啊？我就是想教训教训他，让他头疼几天。"

"农先林，你床底下不是有个老鼠窝吗？"农先琴对我说，"你想办法让老鼠把他头发衔到窝里呀。"

传说，巫术里还有这样一种所谓害人的"法术"：如果老鼠把人剪下来的头发衔去做老鼠巢，那么这个人就要头疼，甚至变成白痴。

我对农大宝说："嚯嚯，大傻子你死定了，小仙婆要给你'施法'了。"

这时农先琴却突然朝农大宝笑了笑："只要你收回刚才对乜陂的诅咒，我就不剪你的头发。"

农大宝脸上露出缓和的神色，说："那我们还能在晒场打尺吗？"

农先琴说："当然可以。"

可是当农大宝的目光移到身边的农梅红时，缓和的情绪马上消失了。

"可她还勒住我的手!"他紧张地说。

农梅红说:"你快点保证,保证不说乜陂的坏话。"

农大宝咬了咬嘴唇,说:"我保证,以后永远不说乜陂的坏话。"

这时,师朗姆老师出现在晒场边上。他对我们喊道:"飞扬的乐手们,我们去吃饭,然后看瀑姆村的仙琴表演吧!"

我们放下了农大宝。此刻,傍晚来临,晒场边有两只母鸡咕咕地唤着它们的十几只鸡仔准备回笼,稍远处有一个老农赶着几头牛急着回栏,但牛儿却不急,哞哞叫了几声,是那种舒服的慵懒的声音。更远处,瀑姆村四周已经升起炊烟,散淡而悠远。西边的天空上,原本是浮着一层灰色的云层的,这一刻忽然裂开一道长长的缝隙,夕阳的余晖让这一道缝隙镶上了金边,乍一看像有一把长长的剑横在苍茫的大青山上空。

第7章 葵婆婆

瀑姆村的巫师就是葵婆婆。她家就住在我家后面,隔着一口鱼塘。鱼塘是生产队的,每年也不放多少鱼,主要作用是让村民洗衣、洗猪菜,供出工归来的群众洗农具和洗手洗脚等,当然,夏天的时候村里一些低年级的学生也在塘里游泳。葵婆婆生有一个女儿、两个儿子,女儿嫁在尚金镇上,一个儿子在龙州城当老师,一个儿子在镇卫生院做医生。平时没事的时候,葵婆婆会在屋前的凉台上坐看孩子们玩水。

葵婆婆的家和瀑姆村大多数的屋宅一样,是一间三厢、两边用土砖砌成的木制瓦屋,上下结构,中间用长木板铺隔着,上面住人,下面圈着牛猪鸡鸭和杂物。这样的房子叫"干栏"房。房前有石梯,是用大的料石逐级垒砌而成。上了石梯,就是竹木铺架而成的凉台,凉台较宽,有二十来平方米;

凉台下面置放着从山上打来的柴薪，码得整整齐齐的。

葵婆婆已经八十岁了，子女很孝顺，要求她到镇上或龙州城住，但她都拒绝。她说去城镇我还能做"巫师"吗？谁会来听我弹仙琴，谁会来看我"跳大仙"？她说在瀑姆村我有助手，有徒弟，她们对我比对自己的娘还亲，生活没有问题。子女只好顺着她的意，让她在村里生活，但只要有空，他们就会千方百计回村，给她买吃的用的，所以葵婆婆的日子过得十分充实。

葵婆婆面善，心也善。她是瀑姆村对孩子们最好的人。她总把自己儿女从城镇给她送的好吃和自己给别人做"法事"时奉供的糖果、饼干等拿来与孩子们共享。以前我还在村小学念书的时候，虽然头上长癞痢，可当我走过鱼塘边的时候，都会听到一声慈祥的叫唤："林仔仔啊，过来过来!"

葵婆婆家前面的小热闹往往是在村里传统节假日过后，或者有人来让她做"法事"之后的第二天。中午或傍晚放学时，村里不少孩子有事没事都来她家前面玩耍。孩子们都觉得这时候的鱼塘边比生产队的晒场好玩。农先琴上初中前，有一次对我们说，你们发现了没有？葵婆婆身上有一种特殊的食物香味。我们表示赞同，那是一种有着水果、饼干、糍粑、蛋糕，甚至炒黄豆和煨红薯等令人垂涎的味道。

在葵婆婆家里，他们已经做好饭菜，在桌边等着我们。他们是：葵婆婆，我父亲农大轩，还有葵婆婆的两个徒弟（有时候又称她们为助手）。葵婆婆的两个徒弟都是近五十岁的妇女，瀑姆村的孩子们称她们为黄天婆和紫天婆，因为她们平时只穿这两种颜色的衣服。

吃饭的时候师朗姆老师问葵婆婆一些事情，如何时会弹仙琴，仙琴的曲子会弹多少支，多大的时候开始会做"法事"等等。当然，师老师没有忘记问及乜陂的事情。"如果乜陂要死，我跟她去的时间也不会太远了。"葵婆婆说，"乜陂是我师傅，她今年 98 岁了。"

葵婆婆是乜陂的徒弟——这种说法其实早就在瀑姆村传开了。他们说，早在民国时期，葵婆婆就跟乜陂学过中医。乜陂的上一辈是大清时期尚金镇一带有名的中医，算起来也是中医世家了。据说那时乜陂家是住在瀑姆村的，后来为躲一个仇家的追杀，才悄悄搬到很少人知晓的偏远的辽姑屯。民国时期葵婆婆跟着乜陂上山采过药，那时她已经学会用中草药医治小疾。中华人民共和国成立后葵婆婆参加过镇政府举办的扫盲班，会说官话，会看报纸，为此村里的队长有事没事都会找她。"我只能治小疾，乜陂却能治各种疑难杂症。乜陂符法很强，我比她差远了。"葵婆婆说。

葵婆婆是我们家的亲戚，之前农大轩就经常带我和农先琴去她家。她家一进门就是厅堂，厅堂前设有一张八仙桌，却没有供着"农家堂上之位"和香炉。厅堂左边厢房是她的寝室，右边是她的"法事"房。正厅有一块隔板，隔板右侧设个门，进入门里，就是后厅；后厅左右两边是备留的儿子和女儿的寝室。后厅是一家人平时吃饭的地方，一边放置着餐具柜，后厅连接着厨房。厨房不是上下结构，而是四周用石片砌成，中间填土，地面用三合土夯实夯平；厨房中间用青砖砌起了三个火灶，分别为煮饭、炒菜、熬煮猪食所用；一边搁置水缸、菜板架等。厨房左边有一石磨一石舂一木磨，右边放置柴薪、杂物；后门就从右边下去，门梯也是料石砌成，沿着石梯下去，就是后院；后院与房子的宽度大致相同，用篱笆围上。后院设一茅房，除此满园葱绿，随着季节而种的菜类，四季常青，除了供自家食用，还能喂养家禽。后院正中有一扇竹门，方便家人出入以及与隔壁邻舍交往。

我之所以如此熟悉葵婆婆家，是因为我父亲农大轩在我小学三年级的时候失踪了半年。这半年时间，我大多都吃在葵婆婆家。葵婆婆家任我出入，唯一不让我进去玩的房间就是她的"法事"房——入门正厅右边的那间房。这间房平时锁着，即便她和徒弟在里面做"法事"，也必定是把门反锁，不让我看到。

第8章　那汪屯

去往辽姑屯的时间本来计划是在早上的，但葵婆婆的"法事"活动做完已经接近天亮了。所以师朗姆老师把时间定在午餐后再出发，上午大家稍事休息。

农先花的家在村的最西边，而辽姑屯的方向就是西边。师朗姆老师对她说，午后你就在家等我们吧，我们路过你家时再叫上你。"你身体弱，要多一点时间储备力气。"师老师对农先花说。

葵婆婆让师朗姆老师在她儿子的房间里歇着。她对我们说："休息好了再走吧，到辽姑屯要走好久的山路呢。"

中午，我们要出发了。我们要去辽姑屯看望最有名望的老巫师乜陂。一场"法事"之后，葵婆婆明显疲惫，她声音喑哑："如果我不是年事高，就会跟你们一起去看看我师傅。"

葵婆婆从木箱里拿出一个壮锦手工包。她把手包交给师朗姆老师，说："孩子，见到乜陂，请把这个交给她。"我们看到这个手工包有些特别，包外面缀着十几朵黄色和红色的刺绣花朵。

师朗姆老师问："包里面是什么？"

葵婆婆愣怔了一下，叹了口气说："是一棵不常见的中草药和一些钱。你交给她，她会明白是怎么回事的。"

"我给你们每人送一张符纸。"葵婆婆把我们送到门口石阶时，从腹前襟内的暗兜掏出几张小黄纸说，"每人一张，是保佑你们出门平安的出门经。"

师朗姆老师、农先琴、农梅红分别接过符纸。"带在身上，每次出门，特别是出远门，要拿来念一遍。"葵婆婆对师朗姆老师说。

师朗姆老师认真地观察小黄纸，表情仿佛在说："这东西是怎么唬到人的?"好一会儿，他才一脸礼貌地对葵婆婆说："我一定把您的手包送到乜陂手上。"

下午的天空有太阳，但不热。刚爬过大青山的两个山岗，师朗姆老师已经气喘吁吁。还没有走到那汪屯，他就要求我们休息两次。我们都是走惯山路的人，脚力都不在话下，尤其是农梅红，体格最好，走得更快。"师老师，按照这样的速度，我们天黑都走不到那蒙屯啊。"农梅红说。她总是心直嘴快。农先琴和农先花比较贴心，一前一后照应师朗姆老师，农先琴还边走边指导他如何走山路才走得快，走得不累。我则远远甩开他们，一路上找一些山里奇奇怪怪的小爬虫或山蛙之类，实在闲着没事便坐在路边的大石头上，吹口哨，吹木叶，坐等师老师他们。

看样子只能在那汪屯住下了。我们的计划是在那蒙屯住下的，今天是那蒙屯的侬峒节，又有农梅红的一个舅舅在那里，吃和住都不成问题。而那汪屯对于我们来说，一切陌生。

侬峒节是边陲壮族的重要节日，又叫"歌坡"或歌圩。对于歌圩这种文化，师朗姆老师给我们的解释是：歌圩是传承民族文化的一种方式，因为边陲地区以前没有自己的文字，重要事项只能口口相传，于是便有了山歌，便有了侬峒节。尚金镇各屯的侬峒节大都安排在秋收过后的空闲时间里，持续一个多月。这个节日有一句口头禅叫"一个亲，九个跟"，意思是只要有一个朋友与主家好，可以带九个陌生人到主家做客，随便吃喝。

只可惜我们今晚不能赶上那蒙屯的侬峒节了。

天色近晚，那汪屯村口的榕树下，一些放学的孩子和悠闲的老人看见从外村赶路而来的我们各自身上背着不同的东西：一个麻布包袱，一个旧的黄挎包，一把古色的仙琴，一个半成新的书包，一个军用水壶。我们逐一向老人问询："我们可以在你家借宿一晚吗？我们可以给钱。""我们在你家蹭一口水喝、匀一口饭吃行吗？我们可以给钱。"得到的回答要么明确拒绝："不行，我家没有地方!"要么委婉推托："我家今晚有来客。"

眼看天就要黑了。带着焦虑的心情，我们来到一户看起来收拾得比较干净的人家。这户人家比较特别，不是干栏房，而是庭院结构。农先琴叫我们停在院子门外，她独自进院。

院子里，一个少妇抱着一个孩子。孩子哭着，看样子已经哭了很久，声音有些沙哑。少妇身边的男子焦躁不安，他不停地说："不要哭了，不要哭了，烦死人！"

农先琴的出现惊扰了他们。"大哥大姐好，我们是路过的。"农先琴声如黄莺，让人听了为之安静："或许我可以帮你们做点什么。"

男子警觉地问："你是什么人？"接着他望向院门口的我们，"他们又是什么人？"

农先琴看了一眼少妇怀里的孩子，用手在孩子的脸上轻轻抚了一下，孩子竟然止住了哭声。农先琴说："我们从瀑姆村来，要到辽姑村去。"

农先琴又望了一眼这户人家敞开着的家门，对男子说："你们黄家，出了点小事情。"

看到男子一脸错愕，农先琴对他说："你到院门外来，借一步说话。"农先琴和男子走出院门，在院门口，她私底下向我做了一个进屋的手势。我便走进院内，对抱孩子的少妇说："阿姐啊，我想借用一下你厕所。"

少妇的注意力全在孩子身上。她说："去吧，屋内有一间卫生间。"

此刻，院门外的农先琴正对男子介绍自己："我是瀑姆村葵婆婆的徒弟。我会用符法驱邪，会医治各种杂病……"

"我凭什么相信你呢？"男子打断农先琴的话，说道，"这世上有牛鬼蛇神吗？"

农先琴说："信不信是你的事，我没有让你改变看法。我看到，你黄家的这座老屋，有狐精犯宅……我问你，这两天你的孩子是不是到傍晚就哭，半夜也还哭个不停？而且吃东西还吐？"

"你怎么知道我姓黄？"男子疑惑地说，"我家孩子这两天就如你说的，傍晚和半夜哭得要断气似的，又拉又吐，还通体发热……我们给他喂姜糖水也不好。"

"你家宅屋孽气重。"农先琴又看了一眼院门，当她看到我回到院门外时，接着说道，"你家有污物犯了祖宗神牌位，孩子被狐精附体，要赶紧驱邪。"

"我是葵婆婆的徒弟，不会骗你的。"农先琴从背上的琴套拿出仙琴，"我不骗你，有琴为证。"

男子说："好吧，你们先到院子里歇歇。"

孩子忽然又哭了起来，哭声像猫儿被虐的叫声，听起来让人觉得寒浸浸的。男子从少妇怀里抱过孩子，对她说："媳妇，你到我们宗亲牌位去看看那儿有什么异样。"

农先琴用手背搭在孩子的前额上，孩子哭声立刻止住。孩子前额发烫，脸蛋儿发赤。"狐精害人不浅呐！"农先琴说。

"天哪，癞蛤蟆——"屋内突然响起少妇的惊叫。少妇跑到院庭中，声音结巴地说，"孩他爸，香炉下面有……有蛤……蛤蟆！"

一干人进屋。正门进去就是大厅，大厅正墙面，一块"黄家堂上一派宗亲之位"牌匾正对门外悬挂着，牌匾下面是一张八仙桌，桌上的香炉供着黄家祖宗的牌位。众人看见，香炉倒下，里面的灰、香梗散乱地倒撒在八仙桌上，一只蛙类的动物翻着肚皮躺在香炉旁边。男子用一只手把它翻过来，却不是癞蛤蟆，是一只山蛙。山蛙还有气，不知是被香炉压着还是别的什么原因，它已经疲软无力，只有暗绿色的身子正微微起伏。

男子骇然。他看了一眼农先琴，又看看她身后的其他人，缩了缩脖子，似乎感觉到有一股潜在的阴风漾在他家正屋四周。男子急忙对少妇说："媳妇，快去叫六叔来帮忙杀鸡。我们要做'法事'，请这位仙人做。"

男子回过头来对农先琴说："既然你是葵婆婆的徒弟，也一定是好心人，求你帮帮我家孩子吧。"

农先琴点头。她让男子找来一只碗，然后对师朗姆说："师老师，借你壶中水，让我施法变符水，救救孩子。"

而此时，大家已经行动起来，收拾好黄家八仙桌上的香案，将香插香炉里。

现在，我们变成了黄家的重要客人。今晚我们在那汪屯的食宿终于有了着落。

农先琴学着葵婆婆的样子，举香画符。趁主家没人注意，她对我使了眼色。我拿过农梅红的包袱，走出黄家正厅，来到庭院中。我从包袱中拿出师老师为去往辽姑屯准备的西药，找到两粒退烧药，悄悄放进了军用水壶中。

晚饭后我和师朗姆老师坐在庭院中。那汪屯夜色很好，一轮明月朗照，安静的银光照着山村。农先琴和她的两个助手农梅红和农先花在主家的房间里做"法事"。夜空里飘出了仙琴的旋律。

第 9 章　那蒙屯

第二天上午，我们继续踏上去往辽姑屯的行程。

农先琴一路热情高涨。"昨晚真奇妙，像做梦一样。"她说，"你们不觉得吗？"

"好在你不穿帮。"师朗姆老师接过她的话头说，"如果我不带退烧药你怎么办？以后可不能干这种唬人的事情，知道吗？"

我和农先琴乖乖地点头。

师老师已经适应了山路行走，不像昨天走得磕磕绊绊。农先琴把农先花帮师老师背的军用水壶拿过来，递给师老师说："师老师你喝水。"

"看来你们姐弟俩配合很默契啊。"师老师仰头喝了几口水，抹了抹嘴说，"没有你们，我们昨晚得饿肚子，住山洞。"农梅红和农先花听了，嘻嘻地笑。农梅红说："师老师你不知道啊，平时这两人是一对冤家，也就昨晚这种情况，才是姐弟关系。"

农先琴说："有师老师在身边，我才有这样的智慧。"她说完这句话，脸突然红起来。

农先琴说这句话的时候我们正爬上一座小山包。虽是初冬，但此时太阳很好，空气清新，远处山崦葱郁，近处的山坳可以见到丛生的灌木中忽然冒出一两束艳红的赪桐花和洁白耀眼的金洋花。我们看到不远的一片矮灌木下有一群穗鹛（那是一种小而可爱的鸟），它们并不惧人，不时向我们这边张望，另一边有几丛竹子，两只头冠金黄色、腹部深红的锦鸡在竹根下觅食。锦鸡也叫山鸡，村里常有人网到，所以我们比较熟悉它们。我从地上找到一块石头，用力将石头甩向竹根。锦鸡受到惊吓，扑腾腾地扇着翅膀窜入树丛中。

农梅红说："小时候我去过舅舅家，再过一座山包，那蒙屯应该就到了。"

中午的太阳闪着耀眼的光，那蒙屯碧空如洗。在一棵龙眼树前，我们来到农梅红舅舅的家。那蒙屯还残余着侬峒节的味道：酒的余味，肉的香味。农梅红的舅舅是个热情的汉子，有很好的性格。他看着农先琴身上那把仙琴，说："我听梅红说过，农大轩女儿会唱天，你们应该昨天来，这样就可以在那蒙晒场上表演鼎叮了……昨晚晒场里人可够热闹的了。"

"昨晚我们有事，在那汪屯给耽搁了。"师朗姆老师替农先琴解释道，然后不忘夸奖自己的学生，"不过她的鼎叮弹得确实好，谁听了都挪不动脚。"

农先琴看了师老师一眼，红着脸说："我哪弹得这么好呢。"

师老师说："好就是好，没得说的。"

我们在正厅里坐着。农梅红的舅舅说："你们先休息一会儿，我到厨房里给你们弄午餐。"说罢便到里面忙活儿。我和农梅红闲不住，她说要带我去晒场与她的两个表弟玩。刚走到门前的龙眼树，农先花就跟了出来。农梅红舅舅家的大厅里只留下师朗姆老师和农先琴。"我也跟你们去玩儿。"农先花说，"我不做灯泡。"

一路上，农先花神秘地告诉我们，农先琴可能喜欢上师老师了。"而且，师老师也将要喜欢农先琴。"她说。

走到一个僻静处，农梅红停下脚步。"你胡说！"她对农先花说，"你有什么证据？"

"我看到农先琴悄悄给师老师下'闷'了。"农先花说，"昨晚我就发现了，今天又发现了一次。"

我们听过传说，"闷"是一种求爱巫术。如果谁遇到了意中人，就把意中人的某样东西取过来，背着意中人对着这一物品念若干咒语，然后再给还回去。倘若意中人使用了该物品，就中"闷"了，意中人就会爱上自己。不过这种"闷"只有巫师才会下。那时候的我们对这种离谱的传言深信不疑，想来也是好笑。

农梅红问："农先琴给师老师什么东西下'闷'？"

"水呀，师老师军用水壶里的水。"

"壶里的水昨晚不是给黄家的孩子喝了吗？"

"那些符水她都给装进黄家的瓶子里去了。"农先花说，"后来她又给水壶里换新水，换水的时候我见她悄悄念了咒语。"

"今早出门的时候，她交代我，水壶里的水只能给师老师喝，谁都不许碰！"

虽然没有见到农先琴念咒语，可她今天两次无缘无故脸红的表现，让我对农先花的话半信半疑。

"这可怎么办，怎么办？"农梅红自言自语。

农先花问："你说什么？"

农梅红掩饰说："没什么没什么……我们快点去晒场玩吧。"

从师老师成立飞扬乐队以后，农先琴就像一株吸足水分的庄稼，饱满、滋润，走在校园中，总有一些像爪子一样的目光追随着她的身影。而我，对所谓的爱情，尚不知是何物，但还是担心农先琴深陷其中。因为在我们这个年龄段，爱情是一个可耻的词儿，是资产阶级思想。我对师老师没有反感，但农先琴毕竟是我的亲姐姐，我还是希望他们什么事情都不要发生。

因为脑子里有这么些令人不快的糨糊，我和农梅红两个表弟在晒场上玩得并不快乐，不久便被人叫回农梅红舅舅家吃饭。

午餐是农梅红舅舅做的几样山里人家的家常小菜，有霸黄花碎肉汤、炒腊肉、黄豆炒蕨菜、上汤白花菜，以及一些热了的昨晚旧菜，倒也十分丰盛。开饭时间，我们五人再加上他的家人，满满挤挤一桌人聚在后厅里。

一干人边吃边聊。农梅红的舅妈是一个嘴巴停不住的人，她问师朗姆老师："老师，这鼎叮真是国家的宝贝？'跳大仙'不是迷信活动？"师朗姆说："鼎叮又叫仙琴，是我们壮族的宝贝。我们边境一带唱天跳天是一种文化活动，求神的目的已经淡去了，基本属于娱乐性质。"农梅红舅舅问："那这次你们来我们这山旮旯，是搞文化活动啰？"农先琴说："我们要去辽姑屯找乜陂。"农梅红舅妈说："哎呀呀，你们没听说啊，辽姑屯的乜陂前两天失踪了。"听到这话，我心里"咯噔"了一下，抬头看看坐在桌对面的师老师。一直温柔说话的农先琴突然大声说："什么？乜陂失踪了？"农梅红的舅舅说："我也是刚刚听说的，他们说乜陂去了辽姑屯那座最高的山。那座山上有一面倾斜的崖壁，崖壁上有岩画，还有一个十分险峻的山洞。他们说乜陂就是消失在那个山洞里的，那个山洞谁都爬不上去，也没有谁进去过。"

一阵沉寂。我们停止了吃饭，都望着师朗姆老师。这时候我们听到外面风吹树叶的声响，沙沙，沙沙沙。我们知道门前的那棵龙眼树已经很老，几十年？一百年？两百年？恐怕都不止。但不管有多老，它依然枝繁叶茂、蓬勃葱郁。吃饭之前我们曾在树下看着它盘曲折叠而又粗壮错乱的根部，还研究它为什么在一米多的高处开始分出三大枝杈。沙沙，沙沙沙，风还在吹。

"师老师，我们还要去辽姑屯找乜陂吗？"农先琴问。

师朗姆老师放下碗，看着我们，然后说："去，怎么不去？我们去登那个山洞。"

是啊，即使我们攀不上那座山的崖壁，进不了岩洞，可万一乜陂她自己又回来了呢？

第10章　辽姑屯

辽姑屯处在大青山深处的半山腰上，常年云蒸雾罩，偶尔云雾散开，便看见悬崖峭壁。听说我们要找乜陂，几个上了年纪的村民有些好奇，他们看着农先琴的那把琴评头品足，这把琴与乜陂的琴有点相似，只是乜陂的更油黑发亮。他们似乎是不明白我们为什么这个时候来找乜陂。

一个中年男子问："难道你们家里都遭遇不祥的事情了？"接着他又不无可惜地说，"你们来晚了，乜陂已经不在了。"

师朗姆老师追问道："她去哪里了啊？"

男子说："她去她该去的地方了。"

该去的地方？我们面面相觑。师朗姆不甘心地问："那……那她原来住的地方呢？"

男子指着一处建在悬崖下的独房说："就在那里。"

我们来到独房前面。我们看到，这是一间四面用木板搭就的木房，看起来年代久远，但却没有感觉到陈旧和衰败。木房是结构完整的，木头看起来还十分结实，它们像一群伙伴，撑起顶上的青瓦。有一个老者在屋子里打扫卫生，她看到我们走来，便站在木门中间，警惕地注视着我们："你们是不是来找乜陂？"

师朗姆迎上去问："你是什么人？"老者说："乜陂是我师傅。你们不用找她了，她已经'升仙'了。"

师朗姆说："可是我们只听说她生病，我们还给她带来了治病的药。"

老者有些不屑："乜陂怎么可能生病呢，她上了紫金洞。"老者指着木房对面山崖上的一个山洞说。

在我们看来，这是一个任何人都不可能攀爬上去的山洞。那个被老者称为紫金的山洞离地面起码有两百米以上，山洞四周是光秃秃的崖壁，崖壁上画的是赭红色的小红人和祭祀活动的场面，这些画与左江岜莱山上的岩画十分相似。师朗姆拿出葵婆婆给的手包问老者："你说你是乜陂的徒弟，那葵婆婆你认得吗？她的手包你见过吗？"

老者说："你说的是瀑姆村的农蒙葵吧，以前我和她上山采过药呢。"

农蒙葵就是葵婆婆的名字，她是我们瀑姆村农氏家族蒙字辈的人。边陲一带，我们这一族脉给孩子起名字均以第二个字为字辈，按"敬蒙大先军，以仁德传承"来排序。蒙大是我们边境一带有名的抗法英雄，跟随冯子材打番鬼佬取得镇南关大战的胜利，却不求功名，退避深山老林打猎种地为生。

我们爷爷的爷爷就以这么一个警句传给后人，并且让族人写进族谱里，成为排字辈的依据。说明白点就是，我们爷爷的父亲是"敬"字辈，爷爷"蒙"字辈，父亲"大"字辈，我们"先"字辈，以后我们的孩子是"军"字辈。

老者告诉我们，她现在替乜陂守房。老者说，乜陂总有一天还会回到这里的，她会继续在这间房做"法事"。"我知道手包里有钱和珍贵的草药，但乜陂不需要。你们回去跟农蒙葵说，让她抽空来辽姑屯，和我守住乜陂的木房。"

"那……我们能不能看看乜陂的仙琴，看看她做'法事'的法器?"师朗姆老师问。

老者说："既然有农蒙葵的手包，我可以给你们看看。"

我们进了乜陂的屋子。在屋子里，老者突然问："你们当中，谁是农大轩的孩子?"

"我叫农先琴，是农大轩的女儿。"农先琴说。

"我叫农先林，是农大轩的儿子。"我说。

老者说："告诉你们，一个月前乜陂就知道你们要来找她。"

我们一脸诧异。"我是乜陂的大徒弟，乜陂'升仙'之前把一切都告诉了我。"老者说，"你们可以叫我米亚婆。"

"在辽姑屯，没有乜陂不知道的事情。别以为这里偏僻，外面的世界乜陂都知道。"米亚婆说。

米亚婆带我们走进乜陂的"法事"房，继续说："她临走时交代我们几个徒弟，要为你们做一场'法事'。"

米亚婆态度友善。她和师老师沟通得十分顺畅，似乎她与师老师前世有缘——虽然之前他们彼此没有见过面。米亚婆知道师老师从省城来，就和他聊城里的事，好像她曾经在那里生活过一样。就这样，师老师向她打听许多关于乜陂的事情，米亚婆都一一告诉他。而这些故事，很多我们都没有听说过。

米亚婆说，乜陂是一位近百岁的老人。乜陂的两个徒弟，一个是葵婆婆，一个就是她米亚婆了。她说，乜陂用过许多把仙琴，而现在留在她手上的这把仙琴，是近年来乜陂用得最多的一把。这把仙琴表面光滑如涂上了一层清漆，让人闻到年代久远的烟火气息。米亚婆告诉师老师，近年来乜陂对这把仙琴情有独钟，每天在山崖前打坐时都把它摆放在身边。有一天乜陂突然跟米亚婆再次提起有关仙琴的历史。乜陂说农家家族在壮族支系里是偏人，每一代人中都有人成为仙婆，农家的仙婆只为人禳灾治病，不下蛊，不放"鸡鬼"，而仙琴也只用于唱天、弹天、跳天。米亚婆告诉我们这些事情的时候，她把仙琴抱在怀里，脸上洋溢着圣洁的光辉。

"我很想跟乜陂一起'升仙'。"放下仙琴后，米亚婆很真诚地对师老师说，"可乜陂说我修炼还不够，还需要渡九九八十一个人的灵魂才能'升仙'。"她甚至让师老师带她到城里去升渡灵魂，她说，城里人多一些。"我一定能够'升仙'！"米亚婆炯炯有神地望着窗外紫金洞。

师老师说他从小就在龙州城里听说"鸡鬼"的故事，也听说壮医救人的故事。"这些针针罐罐是乜陂平时给人治病的吧？"师老师指着乜陂"法事"房内摆放整齐的莲花针、拔罐等对米亚婆说，"乜陂是巫仙也是巫医，这些都是很重要的东西，您要传承和保护好它们。"

"当然，乜陂会回来的。"米亚婆说，"她'升仙'的时候就告诉我要用好这些东西，为有灾难的人清除灾害与病痛。"

大概是为了了解乜陂的"法术"，师老师跟米亚婆家长里短地东拉西扯。我们几个却好奇地东张西望，除了那些药罐和针灸盒子的摆放，乜陂的"法事"房和葵婆婆的"法事"房摆设差别不大。农仙琴对那把仙琴特别感兴趣，她把她的琴从背上取下来，与乜陂的琴摆放在一起。

"你还不能碰那把琴。"米亚婆的眼睛很灵敏，看出了农先琴的意图，"你命还轻，还承不起乜陂的东西。"

农先琴说："我只想摸摸。"

米亚婆道："今晚我给你做一场"法事"后就可以碰乜陂的东西……这也是乜陂'升仙'之前交代过的。"

晚上，米亚婆给我们做"法事"，说是要为农先琴请神。

晚饭后，我们又看到熟悉的艳丽长裙和珠绒帽。米亚婆也带着两个徒弟黄天婆和紫天婆。东面正墙也是供着农氏祖宗牌位。这和我们两天前在葵婆婆家看到的情景大致相同。

此刻，米亚婆身穿一套交领大襟衣，头戴五角形头饰，上面以壮锦彩绣绘制巫仙供奉图。这时的米亚婆神情肃穆，手持那把乜陂留下的仙琴，背靠太师椅，端坐在堂屋中央。只见她眼神一挑，离她最近的黄天婆点头会意，立刻晃动银铃铛，作为伴奏的仙琴拉开了请神的序幕。

米亚婆则沉下脸，闭目，左手轻摁住细长琴杆上的琴弦，右手抚在琴马上拨弄。

乜陂留下的仙琴真奇特，它弹出的声音在我听来是有别于葵婆婆和农先琴的琴声的。米亚婆弹奏的曲调，初听只是单调、回环的声响，可是当米亚婆口中念念有词、喃唱请神时，那时疾时徐的拨弄，琴弦上的声音就会变得曲曲折折、绵绵不尽，四周就陷入一个远古荒蛮的氛围，令我们大气不敢出。在仙琴声中，我们仿佛看到神鬼降临，众生匍匐。

从辽姑屯回来后，师朗姆老师实习时间也结束了。在师老师离开尚金中学后，农先琴有一段时间变得无精打采，但后来她考上师范学校，又恢复了先前的活力和笑容。

在师范学校读书的假期，农先琴每逢寒暑假都回到瀑姆村。她对我无话不说，讲最多的是省城师范学校生活的趣事。我心生向往，贪婪地从她的话语间捕捉城市的繁华与美好的生活气息。她还给我带来师老师的消息，说他毕业后留校任教。

"你可以考艺术学院！"农先琴说。

"可我不想读高中。初中毕业后我就体检当兵去。"

"你很有艺术细胞。"农先琴拉着我的手说，"你身上有一股和师老师一样的艺术气息！"

我说，我身上的气息不是艺术的气息，而是小学时候的癞痢头留下的臭味。

农先琴驳斥道："不是臭味……你要相信我，你到师老师的艺术学院学习，肯定就是个大艺术家。"

从辽姑屯回来后，我就很少跟农先琴争辩，也很少反驳她的观点，我变得很听她的话。